VEGAS

Nelson Lourenço

PARAÍSO selvagem

KOTTER
EDITORIAL

Coordenação editorial: Sálvio Nienkötter
Editor-executivo: Claudecir de Oliveira Rocha
Editor-adjunto: Daniel Osiecki
Capa: Paula Villa Nova
Design editorial: Carlos Garcia Fernandes
Produção: Cristiane Nienkötter
Preparação de originais e revisão: o Autor
Foto do autor: Manu Vergamini, com Juliana Previdelli

Dados Internacionais de Catalogação na Publicação (CIP)
Angelica Ilacqua CRB-8/7057

Lourenço, Nelson
Paraíso selvagem / Nelson Lourenço. -- Curitiba: Kotter Editorial, 2022.
184 p.

ISBN 978-65-5361-061-3

1. Ficção brasileira I. Título

CDD B869.3

22-1352

Kotter Editorial Ltda.
Rua das Cerejeiras, 194
CEP: 82700-510 - Curitiba - PR
Tel. + 55(41) 3585-5161
www.kotter.com.br | contato@kotter.com.br

Feito o depósito legal
1a Edição
fevereiro 2022

Nelson Lourenço

PARAÍSO selvagem

"Todo dia está na eternidade! Todo homem é um anjo"

Allen Ginsberg, Uivo

Sumário

Parte I
O grande campeonato celestial de corais

Parte II
O espetacular show de variedades do cassino Foxwood

Parte I

O grande campeonato celestial de corais

Desafio do além

O grande campeonato celestial de corais aconteceu naquele ano, já distante para os padrões terrenos, em que uma sonda espacial descobriu os primeiros vestígios de água em Marte. O robô atravessou silenciosamente o chão rochoso do planeta, resistindo dia após dia às previsões de que logo terminaria sua jornada solitária. Seu destino era ficar de vez na superfície marciana, esquecido debaixo de eternas tempestades de poeira. Mas, em vez disso, a máquina ignorou a pouca fé da missão, colheu amostras e deixou perplexos os cientistas na Terra. Aquilo foi o bastante para alvoroçar a Humanidade com a remota chance de encontrar companhia no universo.

O Criador ficou satisfeito com mais uma ilusão entre seus filhos. Logo depois, Ele autorizou o torneio no Paraíso, para que seus discípulos no plano eterno também tivessem alguma distração.

O campeonato de corais foi organizado sob os auspícios da Irmandade Musical do Paraíso, da qual Rudi era uma espécie de arquivista. Houve enorme agitação entre hostes de anjos de todas as estirpes. Um exército deles se dedicou à preparação para o campeonato, e todos imaginavam o quão ferrenha seria aquela disputa. Ao final de centenas de audições, foi declarado vencedor um grupo circunspecto que já havia louvado para o próprio Deus em ocasiões passadas — duas fileiras de criaturas de semblante sisudo, com um repertório clássico de aleluias e exaltações divinas.

Mas nem todos ficaram satisfeitos com o resultado. Ele mesmo, Rudi, não conseguiu controlar a frustração. Depois que o campeonato terminou, voltou ao seu posto, decidido a tornar o coral Sweet Inspirations o campeão dos futuros certames que a Irmandade viesse a organizar. Não por acaso, o Sweet Inspirations possuía em sua formação a cantora preferida de Rudi — pele clara e *pretty little angel eyes*, como os da canção.

Ele não se conformava. Havia uma inocência e um frescor no Sweet Inspirations, principalmente em sua vocalista predileta, que o atingiam e o elevavam como se pudesse suplantar o etéreo onde estava mergulhado, e lá ele ousasse permanecer, acima de tudo, como Deus. Mas precisava admitir: o grupo tinha que apurar a técnica se quisesse vencer a turma cheia de concentração que havia alcançado o primeiro lugar do concurso.

Apelou então para os rapazes — Sam, Marvin, Otis e o inigualável Jackie Wilson — para que ajudassem com suas habilidades vocais e ensaiassem as garotas, mas, mesmo entediados, eles não se interessaram. Em vez disso, sugeriram uma aposta.

Sem avaliar as consequências, o anjo aceitou o desafio.

Consumada a aposta, ele rumou decidido para o pequeno memorial que ajeitara num canto de sua repartição, com as relíquias que os músicos haviam trazido com eles. Moveu os óculos de John Lennon de lado e assoprou, conforme Murdoch, o anjo veterano, havia lhe ensinado há tempos, em uma de suas raras visitas.

Sombras e luzes se misturaram num arranjo feérico, bem diante dos olhos do anjo. O portal se abriu à sua frente, e então Rudi foi sugado para o mundo dos homens.

Parte II

O espetacular show de variedades do cassino Foxwood

Um coiote à espreita

Pela manhã, numa extensão de terra desolada, ao sul de Las Vegas, Rudi encontrou seu destino na Terra. Apesar do raio e do estrépito do trovão, ninguém presenciou sua queda das nuvens, exceto um coiote cinzento, que murchou as orelhas e se esgueirou suavemente, se afastando do recém-chegado.

Ao tocar o solo, Rudi soluçou, como se despertasse de um sonho ruim. Depois, viu seu corpo estremecer, fustigado pelo vento. Sentiu um ardor no nariz, um zumbido nos ouvidos, um formigamento nos olhos. A amplidão do deserto, a pálida relva entre arbustos, tudo seria novidade. Mas não houve tempo para contemplação. Tão logo se viu em terra firme, escutou um pedido de socorro, vindo da direção de onde o coiote havia se escondido.

Próximo a uma grande rocha, haviam enterrado um sujeito no chão do Mojave. Quase todo o corpo estava imerso no buraco, exceto a cabeça, vendada na altura dos olhos e enfeitada por um vistoso par de óculos escuros.

— Por favor, me tirem daqui — gritou o homem, como se esperasse um anjo. Uma intervenção milagrosa.

Por sorte, Rudi era um anjo. E estava disponível.

— Quem está aí? — disse o outro, ao farejar a aproximação.

Rudi chegou mais perto.

— Socorro. Uma ajuda aqui, pelo amor de Deus.

Foi a primeira vez que o anjo ouviu o nome Dele na Terra. O coiote os observava à distância. Como se atendesse a uma convocação, Rudi deu uma volta ao redor da cabeça do homem. Tiroulhe os óculos escuros e depois a venda que cobria seus olhos. Viu o homem franzir a testa, como se precisasse de força para reativar o sentido da visão.

Os dois se encararam por alguns instantes. O anjo reparou nos ferimentos espalhados pela cabeça. Um filete de sangue ressecado saía da boca. Ao longe, o coiote permanecia imóvel.

O sujeito havia apagado enquanto o enterravam. Tinha o nariz ensanguentado, os cabelos fartos do penteado rastafári caídos sobre os olhos. Com a vista ainda embaçada pelo torpor do desmaio e a areia, ele tentou fixar a atenção no seu salvador.

Metido em uma túnica cinzenta, o anjo tinha estatura mediana, corpo delgado, nariz romano, vasta cabeleira preta penteada para trás, ao estilo James Dean, e, detalhe não muito raro entre sua espécie, olhos flamejantes que chamavam a atenção. Por um momento, o homem se deixou enfeitiçar por aquele olhar.

— Quem é você, porra? — ele perguntou. Dele só era possível ver o queixo proeminente sobre o pescoço, as maçãs do rosto negro bem formadas e o rastafári cobrindo a testa. Aqui e ali havia arranhões e pele lacerada, como se alguém tivesse lhe barbeado à força.

— Um enviado — disse Rudi — Sou um enviado de Deus.

O que mais poderia dizer? Não tinha ideia de quais explicações deveriam ser relatadas. Não fora preparado para conversas com seres humanos.

Estendeu as mãos e começou a desenterrá-lo. Quando os ombros ficaram à mostra, Rudi o puxou, sem esforço. O homem finalmente tocou com os pés no chão, enquanto seu salvador o observava curioso. Só então Rudi descobriu que o homem era um anão.

Livre, o recém-desenterrado não lhe deu atenção. Começou a praguejar e sacudir o corpo para se livrar da areia. Mas logo parou, reclamando de dores pontiagudas nas costas. Provavelmente tinha quebrado uma ou duas costelas.

"Eis um homem em corpo de criança", pensou Rudi, lembrando as definições técnicas do manual de anjos iniciantes em missões na Terra. O nome dele era Duane. Normalmente, um sujeito enfezado. Agora que o haviam enterrado no deserto, seu humor estava péssimo.

— Um enviado? Um anjo? Por acaso eu morri? Só me faltava essa agora.

Rudi não respondeu. Não tinha certeza de que, após sua fuga, ainda era considerado integrante das hostes de seres angelicais.

— Caiu do céu? Sério cara, quem é você? — disse Duane, ainda com as mãos nas costas, imaginando que tipo de sujeito podia caminhar assim sozinho, no meio do nada, vestido como se tivesse saído do manicômio.

"Quem é você?".

Aquela era uma boa pergunta, pensou Rudi. Sem se dar conta disso, caminhara às escuras até ali. Quando nascera? Como surgiu no mundo? Nada sabia, assim como os homens. Eram simplesmente feitos, matéria tocada pela mão do Criador, e esse sentimento de desventura impingida era algo que havia em comum entre ele e os seres humanos.

Duane atirou para longe os óculos escuros que o anjo lhe entregara. Rudi soube depois que aquele havia sido um requinte dos algozes do anão: enfiar-lhe os óculos sobre a venda nos olhos.

O anjo apanhou os óculos e os experimentou em si mesmo. Notou então um boné deixado no chão, uma peça já um tanto puída, com o símbolo da NASA estampado.

— Ei, me devolve isso aí.

Duane limpou o boné e o ajeitou na cabeça. Tinha-o comprado de um astronauta aposentado que gastara uma pequena fortuna apostando nos dados em Vegas. Considerava-o um amuleto. Sem dúvida, sua crença de que o boné tinha poderes sobrenaturais havia sido comprovada.

O animal que havia observado tudo à distância estava agora ao lado deles. Parecia interessado principalmente em Rudi, mas não esboçava reação.

— Mais um pouquinho e eu teria virado comida para esse aí. O danado me lambeu — disse Duane.

Rudi devolveu o olhar interessado para o coiote. Estava hipnotizado. O animal o encarou mais uma vez. Depois, recolheu o focinho arfante e começou a caminhar para longe, sem olhar para trás.

— Olha, obrigado por me salvar. E por achar meu boné — disse Duane — Se não quiser, não precisa me dizer de onde veio. Coisas estranhas estão acontecendo mesmo comigo, desde que Madame Gloria leu minhas mãos. Ela é a cartomante do meu patrão, sabe? Ou pelo menos do meu antigo patrão. Não sei onde ele se meteu.

O anão lançou um longo olhar para o deserto, como se procurasse significados ocultos no horizonte.

— Vou te chamar de Spaceman — tornou ele, exibindo rara ironia sob o boné que o protegia do sol impiedoso.

— Sério cara, uma nave alienígena te despejou de lá de cima? Ei, vocês aí em cima... — ele continuou, as mãos diminutas em concha à frente da boca, enquanto olhava para o céu.

— Homenzinhos de Marte, apareçam.

Rudi deu um meio sorriso como resposta, constrangido. Queria dizer algo que não necessitasse de muitas explicações, mas preferiu ficar em silêncio. No final das contas, o anão estava tão agitado que não iria mesmo acreditar que ele havia, de fato, descido das nuvens para cumprir uma missão. Não em nome do Criador, mas em interesse próprio.

— O que você andou aprontando, Spaceman? — perguntou Duane, sem esperar que o outro respondesse.

— Vamos sair fora daqui — disse em seguida, encerrando o assunto e dando os primeiros passos de uma caminhada que sabia ser longa. Para ele, não importava se seu salvador tinha vindo diretamente de outro planeta. Invocara uma proteção divina, e ela se manifestara. Seu boné da sorte não havia lhe deixado na mão.

Caminharam quietos durante a primeira parte da jornada, pelo menos uns vinte minutos, a princípio seguindo marcas de pneus na areia acinzentada. Quando as trilhas desapareceram, fizeram uso da intuição de Duane, o astronauta, explorando a atmosfera intocada de um planeta selvagem.

Aparentemente, ele estava curado das dores na coluna. Talvez a raiva que sentia superasse qualquer sofrimento físico, pensou o anjo. Então, de repente, o anão começou a esmurrar o ar:

— Maldita madame. Ela tinha que ter me avisado sobre isso. Maldito Nick. Me deixou sozinho. E maldito Frank Alvarado. Eu agora vou ter que te matar, seu desgraçado. Deus do céu, olha o que fizeram comigo.

Rudi ergueu os olhos para o céu, um tanto intrigado. Mas sabia que Deus, confortavelmente instalado no Paraíso, estava ocupado com outros afazeres. Na verdade, naquele momento, Deus estava sendo informado de sua deserção.

— Mais um anjo resolveu trazer Elvis para o céu, Senhor.

Aquela havia sido a aposta firmada entre Rudi e os rapazes. Se ele conseguisse trazer Elvis, eles treinariam o coral. Caso voltasse de mãos abanando, teria que ajudá-los a se mandar do Paraíso (Rudi não revelou que sabia do portal, porém deixou a entender que havia um jeito de escapar dali). Mas se ele não voltasse, estaria por conta e risco na Terra.

Ao que consta, Deus não se mostrou muito preocupado com a fuga. Apenas alisou a barba grisalha, apertou os olhos penetrantes e disse, com um gesto irreverente:

— Oh, eu conheço aquele lá. O cara das músicas. Vamos ver como ele se sai.

Então Deus simplesmente deu de ombros e fez aquilo em que estava se tornando mestre nos últimos tempos: resolveu esperar para ver no que aquilo ia dar.

Enquanto isso, Duane continuava se lamentando:

— Olha só o que fizeram comigo, Spaceman — disse ele, apontando para o rosto dilacerado.

Depois ainda golpeou o ar mais uma vez com vigor, até cansar.

"Spaceman, essa é boa", pensou Rudi, respirando profundamente o ar do deserto. Ao contrário do anão, ele estava feliz.

Duro na queda

Acalmados os ânimos, voltaram a seguir viagem. A natureza era durona naquelas paragens. Nada além de uma vegetação esquálida. De repente, tocado pela paisagem, o anjo, óculos escuros sobre os olhos, se tornou agitado. Desandou em um longo interrogatório sobre a vida dos humanos na Terra. Tinha tanta coisa a perguntar, particularmente sobre ídolos do rock, sua especialidade. Mas Duane estava angustiado com a distância que ainda precisavam percorrer e não parecia muito disposto a conversar, tomando como brincadeira a maioria dos questionamentos do anjo: se ele conhecia o lugar onde Robert Johnson tinha feito um pacto com o demônio, onde Little Richard havia escondido as joias que abandonara ao se converter, ou se Jim Morrison tinha mesmo encontros com o xamã ("deve ter sido em algum lugar perto daqui, não?").

No céu, quando tinha suas conversas com Jackie e os rapazes, Rudi não conseguia conter as palavras, que brotavam com grande vivacidade. Tinha um genuíno interesse pelo mundo para além dos limites de sua modorrenta existência.

Se ele e Duane tivessem prosseguido nas apresentações, teriam descoberto detalhes extraordinários a respeito um do outro. Duane era homem de múltiplos talentos. Sob os serviços empresariais de Nick Sullivan, um produtor musical que estava em baixa no mercado, ele fazia de tudo um pouco em Las Vegas: figurações em eventos, guia de roteiros turísticos, modelo para nus artísticos. Nick até inventara um serviço de anões delivery para mensagens de amor, porém o negócio não prosperou. Duane achou que se vestir de cupido e tocar campainhas de madrugada era muita humilhação. O grande sonho dele era ser um astronauta, ainda que todos achassem aquela ideia totalmente sem propósito.

A história do anjo era bem mais difícil de ser comprovada. Registros oficiais garantiam que se chamava Rudiel, mas no Paraíso, onde dava expediente, todos o conheciam apenas como Rudi. Era anjo de segunda classe, pouco devotado às causas divinas. O maior acontecimento de sua pacata existência até ali fora a vez em que o próprio Criador requisitou seus serviços. Deus mandou um emissário para que o anjo gravasse uma fita com Frank Sinatra, Julio Iglesias, Tony Bennett e, sacrilégio imperdoável na opinião do anjo, Bryan Adams.

— Ei Spaceman, cuidado — disse o anão, estendendo os braços.

A uns duzentos metros de distância, Rudi pôde ver o barracão se destacando no solo estéril, entre rochas nuas e a vegetação rasteira. Quando chegaram mais perto, reparou que a construção de madeira tinha uma parte um pouco mais elevada, com o que provavelmente era um sótão, apontando para o céu. Um furgão estava estacionado a poucos passos da porta, ao lado de uma caminhonete caindo aos pedaços e de uma Harley-Davidson Fat Boy.

Deram a volta pelos fundos, com Duane acenando insistentemente para Rudi se manter abaixado.

— Me dá um impulso — disse o pequenino, demonstrando uma insuspeita agilidade ao se escorar em um cano e escalar a parede do barracão, que, naquele momento, ao contrário do que Rudi pudesse imaginar, não estava abandonado.

Por um buraco de tamanho considerável no telhado, entre duas vigas de madeira corroídas, Duane podia observar quase todo o aposento praticamente desocupado, com exceção do sofá onde se acomodavam displicentemente os homens que o haviam torturado. Ele conhecia aquele lugar. Meses atrás ouvira Nick dizer que ali seria um bom local para ensaiar uma pequena orquestra.

O líder do bando, Aaron, estava de costas para o anão, com as mãos na cintura. Usava camisa listrada, óculos escuros de aviador e colar de ouro no pescoço. Duane controlou a raiva para não pular no pescoço do sujeito. Mas logo voltou os olhos para o sofá puído, onde pôde ver a figura sinistra do homem a que todos chamavam Ali.

Ali tinha pele azeitonada, cabelos pretos revoltos e olhar sádico. A camisa aberta até a altura do peito mostrava um mosaico de tatuagens inocentes. Duane teve a certeza de que fora Ali o autor do golpe mais potente. Um chute que acertou em cheio a boca do anão. Duane decidiu que cuidaria de Ali primeiro.

Todo o bando prestava contas a Frank Alvarado. O chefe estava agora em Vegas, ensaiando o musical que pretendia estrear em breve em seu cassino. Frank alegava que Nick, o manager de Duane, lhe devia 50 mil dólares em apostas. "Tragam aquele viadinho para o acerto de contas", ele ordenara.

O problema é que Duane não tinha ideia do paradeiro de Nick desde que o produtor havia se mandado com Miranda, a garota que vinha saindo com ele nos últimos meses. Até onde estava sabendo, tinham viajado às pressas, assim que Nick conseguiu milagrosamente convencer o gerente do cassino Foxwood de que voltaria no dia seguinte para saldar a dívida.

— Maldito anão — dizia Aaron.

— O pequenino é duro na queda. Mas demos um bom susto nele — respondeu Ali, lustrando o bico de metal de sua bota de caubói.

— Então ele disse que não sabe o paradeiro do safado do Nick?

— Nada feito. Não abriu o bico — disse Randy, outro dos rapazes.

— Quem sabe agora ele toma juízo e resolve falar onde anda o patrão dele.

"Tinha sido tão corajoso assim?", se perguntou Duane, quase cedendo à vertigem. Foi então que, num descuido, o boné escapou de sua cabeça. Caiu silencioso, rodopiou atrás dos pés de Aaron e deteve-se a dois passos do capanga, aninhado numa fresta do chão de madeira, com o símbolo da NASA voltado para cima.

Aaron girou brevemente o corpo e olhou para atrás, como se alguém o tivesse cutucado. As tábuas do assoalho rangeram com seu movimento, enquanto Duane se sentia paralisado. Gelou em seu posto, torcendo para que ninguém do bando olhasse para o chão atrás do chefe.

Enquanto Duane ouvia a conversa do grupo, rezando para não ser descoberto, Rudi jogou os óculos fora e olhou mais uma vez para o horizonte, sem saber ao certo o que fazer. Observava o céu, atônito. Então era dali que ele caíra? Onde vivera o tempo todo aprisionado? Mesmo que o mundo se resumisse àquela paisagem inóspita — e ele sabia que isso não era verdade —, Rudi estaria satisfeito. O que houvesse a ser desejado naquela viagem, ele queria para si.

Ainda estava aturdido com a facilidade com que retirara Duane do buraco. Anjos mais graduados tinham a faculdade de se teletransportar, ler pensamentos e mover objetos. Alguns eram capazes de provocar incêndios, derrubar árvores a um simples olhar e lançar volumes do tamanho de um cofre apenas ao esfregar as mãos. Mas nada daquilo fazia parte do seu rol de aptidões, então foi com surpresa que se viu dotado daquela força.

Imaginou que encontraria Murdoch, um anjo de alto escalão, já há um bom tempo na Terra, sem ter muito do que se vangloriar, mas pelo menos agora sabia que tinha braços vigorosos o bastante para desenterrar anões no deserto.

Murdoch era a única referência que tinha naquela atmosfera hostil. O anjo experiente que poderia guiá-lo em sua missão. Mal podia esperar para finalmente encontrá-lo.

Doía pensar que o deserto e tudo o que havia ao redor sempre existira, e ele nunca experimentara a sensação da vida na Terra.

As distrações terminaram quando Duane o chamou de cima do telhado, com um sinal para que se escondesse. O anão tinha acabado de ouvir a combinação da gangue:

— E agora, chefe?

— Tá legal. Acho que ele já cozinhou o bastante. Ali, busca o anão. O resto de vocês, comigo. Temos assuntos para resolver em Vegas.

Ruidosamente, partiram no furgão, exceto Ali, que pilotava a Harley-Davidson. A caminhonete acabou ficando para trás.

Duane aguardou que se afastassem e então forçou o buraco no telhado, dando um salto e espatifando-se ruidosamente ao atingir o chão. Vendo aquilo, Rudi começou a achar que Duane era indestrutível. Alguma espécie de super-herói ou coisa parecida. Ele ia ser um astronauta. Parecia querer acumular desde já algumas horas de voo.

— Diabos me levem — praguejou o anão.

Os homens já haviam arrancado em direção à cidade, enfumaçando o ar do deserto, enquanto Duane vociferava clamando por vingança.

Assim como Rudi, agora ele tinha uma missão.

Sapatos de camurça azul

Os sapatos de Elvis nunca foram lá grande coisa, mesmo nos tempos em que ele era o Rei. Tinha, é verdade, manias, caprichos. Era capaz de gastar milhares de dólares em macacões de camurça, anéis extravagantes e cinturões de boxeadores cravejados de pérolas. Mas não se importava muito com os sapatos.

Quando despertou naquela manhã, ao lado de uma garota magricela, um tanto estremunhado, camiseta branca e sunga estampada, Elvis observou o par de mocassins azuis reunidos no chão, ao lado da cama, e pensou que era hora de arranjar um calçado novo.

Vestiu o mocassim, sem perceber que estava sendo observado pela garota, ergueu-se e olhou pela janela para checar se o Mustang prateado ainda estava intacto na entrada da casa, do modo que o deixara estacionado na noite anterior. Era sábado, primeiro dia de novembro. As folhas soltas do outono se reviravam lá fora, tocadas pelo vento, em torno do automóvel.

Voltou então seus olhos para o interior da casa. Sua Graceland naqueles dias não passava de uma construção em madeira, a cerca de dois quilômetros da estrada e perto de um estacionamento de trailers, nos arredores de Las Vegas. Uma casa modesta pintada de branco e atulhada de lembranças do tempo de quando ele era o soberano do rock'n'roll. Algumas daquelas velharias ele ainda usava em suas esporádicas apresentações de cover de si mesmo.

— Já é a milésima vez que você olha esse carro — resmungou a garota, correndo os dedos pelos cabelos, ainda enfiada na cama.

"Qual o nome dela mesmo?", pensou Elvis. Não lembrava ao certo se era Winnie ou Wendy. Sua memória estava cada vez pior com o passar dos anos. Resolveu arriscar:

— Wendy, benzinho, deixe que eu me preocupe com o carro.

Wendy — aposta correta — deu de ombros e se revirou na cama, que ocupava quase por completo uma das paredes do quarto.

— O dono do estacionamento vai acabar te despedindo — ela disse, antes de se virar novamente para Elvis. Era quase um espectro, enrolada no lençol. Algum estimulante que eles haviam partilhado na noite anterior estava fazendo efeito contrário naquele exato momento.

"Com os diabos, sou o Rei. Posso conseguir qualquer outro emprego. Sempre resolvo minhas paradas", Elvis pensou, num arremedo de grandiosidade.

Wendy havia espalhado suas coisas pelo quarto. Elvis ficou por algum tempo admirando a bolsa colorida e repleta de penduricalhos que a garota trouxera a tiracolo. Numa extremidade da alça, ela espetara um *bottom* do Guns N' Roses. Parecia uma garota legal. "Pode até ser uma boa companhia", imaginou Elvis, baseando-se nas primeiras impressões daquele encontro.

A garota tinha um belo sorriso quando se conheceram no estacionamento onde ele agora trabalhava, como uma espécie de faz-tudo. Não tivera muitos encontros como aquele nos últimos meses, depois que abandonara o emprego anterior, na capela Little Grace, ao norte de Las Vegas, onde o reverendo Elvis, impecável em seu smoking, dava expediente aos finais de semana, afagando noivos e testemunhas.

Teve a chance de admirar novamente o Mustang quando saiu gingando para deixar o lixo na calçada. A vizinhança tranquila era composta de poucas casas e permitia que ele ouvisse o farfalhar do vento agitando as palmeiras no final da rua.

Apesar dos quilos a mais, o rosto rechonchudo, ele permanecia ativo. Ensaiou alguns golpes de caratê no ar, contra um inimigo imaginário. Depois assobiou uma melodia — *Suspicious Minds* — para rebater a calmaria daquela manhã. Silêncios prolongados o deixavam incomodado.

Olhou então o interior da caçamba de lixo e viu o prospecto. "O melhor dos anos 60. Um grande musical de Frank Alvarado. Somente hoje no cassino Foxwood", dizia o papel amarrotado, com a imagem de uma cantora platinada ao microfone.

— Filho de uma puta.

Voltou à casa, arrastou o corpanzil até a sala, colocou o prospecto na mesa de canto e acomodou-se no sofá de veludo púrpura, ainda olhando para o anúncio. Ligou a tevê. Aquela continuava sendo sua distração predileta.

Passou rapidamente pelos noticiários. Uma missão espacial enviara imagens nunca vistas do chão vermelho de Marte, e agora estava sem comunicação com a Terra. Elvis sorriu ao ver o robô percorrendo o solo inóspito. Muitos ainda achavam que ele era um extraterrestre.

Depois, informações urgentes do mundo do show business. Um empresário de uma banda grunge fora encontrado morto em sua casa, em Los Angeles. Metera uma bala na cabeça. Os ratos da imprensa estavam explorando o caso, os sórdidos detalhes.

Mas Elvis, um sobrevivente, não prestou atenção. Ele pensava no show que ia acontecer naquela noite, no cassino Foxwood. Um tal de Nick Sullivan, produtor com fama de perfeccionista, havia lhe dispensado. Só havia dois tipos de sujeito que Elvis detestava mais do que produtores metidos a besta: médicos e instrutores de caratê. E empresários. Pensando bem, a lista de desafetos de Elvis era grande. Mas naquele momento, o nome de Nick Sullivan estava no topo.

Ele tinha tantas ideias para aquela volta triunfal e agora uma loira platinada e desconhecida havia tomado o seu lugar.

Pense, Elvis, pense. Você ainda é o Rei...

O show de Frank Alvarado, aquele maluco dono de cassino em Vegas, era a chance de ele brilhar novamente, sem as rédeas do finado coronel Parker, seu antigo empresário.

Olhou mais uma vez o prospecto que recolhera na caçamba de lixo. Ele fizera testes para o papel de si mesmo. Elvis cantando *O Sole Mio* e outros standards. Elvis rebolando e levando as mulheres à loucura. Mas havia falhado na execução do ato final. Impossível reproduzir, depois de tantos anos, o gingado que exibira em *Bossa Nova Baby*. Tentou em vão convencer Nick de que não era preciso balançar o corpo todo. Bastava mover o músculo certo, e o público viria abaixo.

Mas agora Elvis tinha uma carta na manga para um novo teste. Um truque das antigas. Um número em que ele começa a cantar com voz suave, meio em falsete, girando o quadril e dobrando o pescoço com energia para a esquerda e depois para a direita, a cada verso:

You look like an angel
Walk like an angel
Talk like an angel
But I got wise

Então, no último verso, ele passa a chacoalhar todo o corpo, como se estivesse tomado por um espírito ruim:

You're a devil in disguise
Oh yes, you are
Devil in disguise.

— Hey, baby, não estou me sentindo bem — disse Wendy no outro cômodo, ainda na cama, interrompendo seus pensamentos.

— Vou preparar algo pra você, honey — anunciou o Rei, erguendo-se de repente.

— Não quero mais provar as suas misturas — protestou a garota.

Mas não havia como detê-lo. Elvis se considerava um expert em medicamentos.

Foi até a cozinha, abriu algumas cápsulas de comprimidos e moeu pacientemente o conteúdo em um copo grande. Depois despejou um pouco de água sobre a mistura para formar um caldo viscoso. Dando-se por satisfeito com seu elixir, voltou ao quarto e fez Wendy sorver tudo em grandes goles.

Ele esperou que a garota finalmente adormecesse. Em seguida, levantou-se e procurou no armário seu macacão mais extraordinário, de gola alta e adornado de brilhantes e franjas, na cor azul-celeste. Depois de vesti-lo, ainda teve tempo de dar uma boa espiada em Wendy, antes de sair.

Desligou o alarme do Mustang, entrou no bólido e deu a partida ruidosamente.

Frank Alvarado apresenta

O club da família Alvarado era o lugar mais florescente entre os jogadores profissionais que se arriscavam na Paradise Road. Gente que preferia fugir das multidões de turistas para se concentrar nas apostas. Cada dólar economizado em drinques exóticos e souvenirs era investido nas mesas de lugares como o cassino Foxwood, onde Frank Alvarado dava as cartas e nutria aspirações artísticas.

Era homem de impulsos. Uma manhã, seu pai, o chefe da família, afogou-se na tigela de cereal. Enquanto a maioria estranhava aquele acidente, e alguns levantavam a hipótese de substâncias indesejáveis terem sido misturadas ao desjejum do ancião, Frank apressou-se em reivindicar o posto de mandachuva. Por fim, mesmo com seus pendores artísticos (os associados consideravam suas ideias de *entertainment* uma excentricidade e muitos censuravam, secretamente, as bizarras citações dos Beatles que ele fazia em momentos cruciais), Frank se tornou o maioral do clã Alvarado.

Passaram-se alguns anos após sua ascensão. Ele agora era um jovem senhor de cabelos pretos cuidadosamente penteados à maneira Beatles, a testa um tanto estreita, os olhos vivos, orelhas levemente arcadas. Estava sempre metido em um terno cinza-claro, envolto em lufadas de perfume.

Frank tinha um exagerado convencimento de que sua capacidade de sedução era bastante superior à média de outros homens. Aquela autoconfiança era essencial para os negócios, e ele a exercia muitas vezes com gente que não respeitava ou que não gostaria que estivesse ao seu lado. Alguns de seus sócios tinham reputação internacional.

O dinheiro da máfia russa havia financiado a operação do cassino e agora estava minguando, à espera de dividendos. Mas a família Alvarado, com o presunçoso primogênito à frente das decisões, não parecia se importar com esse detalhe. Frank estava acumulando dívidas com os estrangeiros, e no momento reservava a maior parte dos recursos para seu projeto pessoal: um show em que Jane fosse a grande estrela.

Ele se serviu de uma bebida em seu escritório, imaginando se teria sido boa ideia confiar sua garota ao guarda-costas bem no dia da estreia do musical.

Quando Frank conheceu Jane, havia desistido de ser ator. Ele havia passado duas semanas em Hollywood tentando convencer produtores de quinta categoria a escalá-lo para algum papel, de preferência em películas de gângster. Ficou sabendo que filmes de gângster estavam em baixa na indústria cinematográfica há tempos e tomou um porre sozinho (seu guarda-costas, Bunny, era abstêmio e se recusou a participar da bebedeira). Depois, encerrou sua conta no hotel Roosevelt e voltou para Vegas, sem admitir o fracasso, uma vez que ainda tinha muitas aspirações artísticas a serem exploradas.

Mandou instalar um piano em sua sala. Depois começou a circular com o Cadillac preto que pertencera a Perry Como e ele mandara reformar, enquanto exercitava a mente em Vegas. Não sabia, mas o que ele estava procurando era uma musa inspiradora.

Frank a encontrou quando Jane cambaleou para fora do bar Freddie's, em uma esquina da Fremont Street. Ele mandou seus capangas descerem do carro e pegarem a garota, mas essa se recusou com todas as forças, vociferando contra as cinco últimas gerações do "babaca que achou que ela estava disponível para dar uma volta naquela banheira". Frank ficou apaixonado no mesmo instante. No dia seguinte, Jane circulava pelo cassino com ares de proprietária.

O Foxwood não era propriamente luxuoso, mas tinha o essencial para ser lembrado como uma das maiores casas de aposta em sua área. Uma construção sólida, ornada por colunas na porta, com o andar térreo dedicado à jogatina, sem janelas, e o pavimento superior reservado à administração (eventualmente, o andar de cima recebia reuniões que enveredavam para atividades que nada tinham a ver com o cassino). Possuía 20 mesas de jogos, um pavilhão com 50 máquinas caça-níqueis, letreiro reluzente de néon vermelho e azul com iluminação em três tempos e um bar, o Redemption, para entreter uma pequena multidão de apostadores. Ali perto funcionava o hotel Bambino's, também propriedade da família Alvarado.

Frank gostava de passar a maior parte do tempo no primeiro andar do Foxwood, de onde espiava com o binóculo por entre as persianas das janelas amplas, invariavelmente cobertas, que davam para a Paradise Road. Do outro lado da rua, podia ver a entrada do hotel Fort Apache, seu concorrente, e também o movimento da arena de boxe, que costumava visitar em noites de lutas ranqueadas.

Tinha ingressos para o certame daquela data, enviados pelo próprio dono da arena, mas não poderia ir: aquela era a noite do grande show. "Uma pena Herb", ele dissera para o proprietário do ringue. De qualquer forma, confirmou que mandaria alguém fazer uma aposta no lutador de sua predileção. "Espero vocês depois da luta. Vou reservar uma mesa especial."

Às vezes, em seus delírios, Frank imaginava se havia talento nele para ser um Sonny Liston, o grande boxeador dos anos 60 que se juntara a outras celebridades na capa do Sargent Pepper's.

Ou talvez fosse mais como Muhammad Ali, que bailava de olho no adversário, procurando uma brecha, o melhor momento para atacar.

Como os melhores pugilistas, antecipar movimentos fazia parte de suas atribuições como chefe. O que ele não poderia prever era a burocracia, o emaranhado de leis que regulavam o funcionamento de um cassino. Era preciso operar estritamente conforme a lei, o que não significava deixar de se preocupar com custos extras para garantir que negócios menos vistosos e mais lucrativos continuassem prosperando.

Na primeira frente de trabalho, havia o pagamento aos bancos, agiotas e contadores. Na outra frente, havia a propina para gente do departamento de Narcóticos, a polícia local e outras autoridades. Se a Guarda Costeira se instalasse em Las Vegas, ele precisaria pagar um extra para eles também. Advogados estavam nas duas listas.

Além de todas essas despesas, havia dissabores com sujeitos como Nick Sullivan, que lhe devia uma pequena fortuna em apostas, e ainda por cima desistira de ser o produtor de seu show. "Diabos, não preciso daquele merda. Mas ele tem que me pagar os 50 mil dólares. Achem aquele filho da puta", ele dissera a Aaron e seus homens, na noite anterior.

O show se tornara sua obsessão. Imaginou que, se o hotel Mirage tinha o musical *Love* há anos, então o Foxwood teria seu próprio show com antigas canções, músicas dos anos 60, a princípio. Depois, sua prodigiosa imaginação incluiu no espetáculo, para desgosto de Nick, ainda o produtor musical, dançarinas de can-can, saltadores cossacos, mariachis, gaiteiros vestidos de kilt e palhaços montados em pernas de pau, fazendo acrobacias e evoluções malucas, como se estivessem no ônibus do Magical Mistery Tour.

Os homens que mantinha para prestar serviços mais ousados chegaram a interceptar, por engano, o caminhão da cantora Kate

Perry, com todo o figurino de sua turnê pela Costa Oeste. Mas Frank mandou devolver tudo. Estava convencido de que já tinha o necessário para a protagonista de seu musical — um vestido longo de lamê dourado que ele mandara trazer de Los Angeles.

A estrela que demandara aquela encomenda seria Jane, a despeito de sua voz de curto alcance. Acariciou o retrato da garota que mantinha em sua mesa. Loira platinada, num sorriso indecifrável. "Chegou o grande dia, baby", pensou. Nada poderia ofuscá-los.

Em seus sonhos de grandeza, já via o Foxwood repleto de figurões, apertos de mão em autoridades, baldes de champanhe em bandejas prateadas a cada canto do Redemption. No dia seguinte, aguardaria manchetes estupefatas diante do magnífico espetáculo que ele, Frank, produzira. "Maldito Elton John que resolveu fazer show justo hoje no Hilton", ele havia se lamentado logo cedo, ao conferir a agenda de Vegas na internet.

Naquela manhã, ele solicitara ao guarda-costas que preparasse o conversível. Jane queria espairecer antes da estreia, quem sabe ir até o cânion Sloan e respirar outros ares. Ele pretendia ir também, mas desistiu. Tinha ajustes importantes a serem providenciados no Redemption até a noite. Coube a Bunny a incumbência de distrair a estrela.

Contudo, mesmo ciente de suas pesadas atribuições ao longo do dia, Frank ainda não começara a dar ordens, exceto quando Norman, o gerente-geral do bar e do cassino, entrou em sua sala com ar agitado. Tinha vindo demonstrar sua preocupação com o fornecedor de embutidos, da rede de negócios da família, que não havia entregado itens essenciais para o cardápio daquela noite. Uma vez que o dono da charcutaria era muito próximo do patrão, Norman teve o cuidado de avisar Frank antes de tomar uma atitude.

O chefe pediu para o gerente verificar se era possível improvisar com o que havia na câmara frigorífica, que abastecia tanto o cassino quanto o hotel. Depois, Frank conferiu novamente se havia fechado as persianas de sua sala ampla com madeiras nobres, pensando mais uma vez na canção em que John Lennon usava imagens de sua mobília para disfarçar que havia tido um caso.

"Esse Lennon era mesmo danado", pensou.

Enquanto se preparava para cheirar uma carreira, a campainha do telefone soou tão alta que ele se curvou todo, e teve medo que o Colt 45 que levava na cintura disparasse.

— Bunny ainda está por aí? Mande ele trazê-los aqui — respondeu irritado, ao saber que havia dois sujeitos da polícia que gostariam de "dar uma palavrinha".

Debilmente, ele se ajeitou na poltrona, tentando se lembrar se aquele encontro estava ou não na agenda.

Bunny, o guarda-costas, abriu a porta para os dois detetives. Frank levantou-se para recebê-los. A ambos reservou um aperto de mão que era ao mesmo tempo amistoso e reservado.

— Em que posso ajudá-los?

Fizeram as apresentações. O primeiro homem, na verdade, ele conhecia. Seu nome era Jonathan Stone, e ele costumava circular na área da Paradise Road. Quanto ao outro, era mesmo um desconhecido. Frank soube que ele se chamava Scott Hathaway e que fora transferido de San Francisco recentemente. Os dois formavam uma combinação de opostos: Jonathan era baixo e de ar bonachão; Scott era alto e compenetrado.

Os policiais se acomodaram à sua frente. Frank pensou em lhes oferecer um drinque, mas sabia, por experiência própria, que o gesto seria motivo de reprimenda por parte de Jonathan.

A história que estavam apurando envolvia um certo Anton, um russo que havia se hospedado no Fort Apache, e misteriosamente desaparecera. Não revelaram a Frank exatamente o que o homem fazia, que o falastrão era jornalista e abastecia o chefe deles há tempos com telefonemas regulares para trocarem informações. Sabiam, e confirmaram isso a Frank, que Anton costumava passar as noites no Foxwood, antes de se recolher ao hotel.

— Estamos sempre lotados. Recebemos gente de todos os lugares. Chineses, japoneses. Brasileiros. Russos.

"Esses, nos últimos tempos, eram sinal de encrenca", pensou Frank. Os russos gostavam de pedir favores.

E agora mais essa complicação.

Jonathan afrouxou o nó da gravata. Contra seus princípios, achou que um drinque não cairia mal. Frank percebeu o gesto e lembrou que, da última vez que o policial afrouxara a gravata daquele jeito, levara com ele um gordo envelope recheado com notas de 100. Mas em vez de pedir uma bebida, Jonathan solicitou permissão para acender um cigarro, enquanto Scott prosseguia:

— As câmeras do hotel flagraram nosso principal suspeito. Ele teve um encontro com Anton há uns dois dias. Talvez tenha passado pelo cassino e seguido a vítima.

— Como disse, muita gente circula por aqui.

— Talvez ele tenha sido filmado ou o seu pessoal se lembre dele. Talvez haja registros. Seria bom pra todo mundo termos uma identificação, antes que a imprensa infeste o lugar com perguntas — explicou Jonathan.

— Um grandalhão careca — disse Scott — O curioso é que ele tinha, como posso dizer, protuberâncias como se fossem...

— Tetas — completou Jonathan.

— Isso — exultou o outro policial, com um sorriso — O cara tinha tetas. Tetas de adolescente.

Frank gelou, enquanto os dois agentes se divertiam lembrando daquela pequena aberração. Ele não precisava conferir as câmeras. Tinha certeza de que Big Pete estava na cidade.

A trilha do adeus

Ela vinha de um remoto lugarejo do Iowa, onde uma generosa combinação de genes nórdicos e de índios cheyennes havia se processado. Era loira de cabelos sedosos, platinados e curtos, que faziam pequenas ondas nas pontas. Tinha lábios grossos e dentes perfeitos. Combinava feições delicadas e angulosas, de uma beleza agressiva, um ar glacial e atrevido ao mesmo tempo. Seios opulentos, sem serem escandalosos. Magra, mas dotada de curvas. Jane Waters passou longos invernos de sua adolescência se esquivando das mãos de homens que desejaram tomar para si aquela preciosidade.

Naquela manhã, cigarro de maconha entre os dedos, ela admirava um dos revólveres que Frank mantinha guardados, numa sala ao lado do escritório principal, no andar de cima do cassino, quando soube que poderia dar uma volta com Bunny.

"Mas afinal, quem é Bunny? Ah, *aquele* Bunny", ela pensou, enquanto acariciava a gargantilha de brilhantes — presente do dono do Foxwood para aquela noite. Já havia entornado às escondidas uma boa dose de Bourbon e agora, contrariando todos os seus princípios, estava deixando se levar por uma temerária languidez. Avaliava se a joia seria merecedora de seu apreço — por que diabos não demonstrou o mínimo de satisfação quando Frank a colocou em seu pescoço? — e se daria conta de subir ao palco naquela noite.

Deixou escapar uma coluna de fumaça pela boca, enquanto considerava, pela enésima vez, se conseguiria cantar à altura do que Frank havia imaginado. Precisava acreditar que sim.

A música para ela nunca fora motivo de entusiasmo. Aos domingos, preferia fumar do lado de fora da igreja, apesar dos apelos da mãe para que participasse do coral. A música — e Deus, os profetas e todos os apóstolos — nunca haviam merecido a sua atenção.

Ela estava longe de se sentir confortável, mas tinha se dedicado ao máximo. Em determinado momento, achou que a parceria musical com Nick Sullivan daria certo. Ele era um acompanhante perfeito — alguém que lhe inspirava confiança sem qualquer conexão carnal. Mas Nick desaparecera de repente. Jane continuou se esforçando.

Mesmo assim, mesmo com todo aquele esforço, nada daquilo havia sido o bastante para conseguir o respeito de quem circulava em torno de Frank. Nunca seria uma cantora de verdade. Sabia disso. Se em vez daquelas velharias escolhidas por Frank para o repertório pudesse cantar um reggae ou algum ié-ié-ié — *Drive my Car*, aquele era o tipo de música que ela podia talvez levar ao microfone sem fazer feio.

A música não era algo a que se agarrasse. Canções serviam apenas para aplacar a dor, disfarçar o sofrimento. No momento crucial de sua vida, houve uma canção — *Harvest Moon*, com Neil Young — que o pai colocara para tocar, em alto volume, ao final de um dia de bebedeira. Indiferente aos ruídos, aos zumbidos de conversas lá fora, ele avançou. Aterrorizada, Jane sentiu o corpo pesado do homem de encontro ao seu, o hálito azedo que vinha daquela boca, o cheiro funesto da perversão, tudo abafado pela gaita de *Harvest Moon*. Como pode uma canção durar uma eternidade?

Ela enfim o golpeou com o joelho nos testículos, quando o telefone soou e o distraiu. Era noite. No dia seguinte, os tios, primos e irmãos, até mesmo o próprio pai, todos — exceto Manny, a cachorra — a culparam depois que a mãe abandonou a casa, deixando para trás quatro filhos e a respeitosa posição de diaconisa da igreja.

Cedo a vida havia se tornado um fardo. Nunca estaria a salvo. Sempre vulnerável. Mas talvez ela gostasse assim. Talvez com Bob, o crupiê galã, ela tivesse melhor sorte.

Andando com Jesus e Jane

Enquanto Jane se deparava envolta naqueles pensamentos, Bunny permanecia à porta de Frank metido em seu uniforme habitual — terno escuro, com o último botão da camisa branca solto e disfarçado sob a gravata —, quando recebeu do chefe a missão de entreter a garota.

Às vezes, de seu posto conseguia ouvir os trinados que Jane soltava em sua luta diária para manter a afinação, primeiro acompanhada por Nick e depois sob os cuidados do próprio Frank. Assim como a voz da garota, o martelar do chefe ao piano era vacilante, e Bunny imaginava o tamanho do desastre que se aproximava com a noite de estreia do show concebido pelo dono do Foxwood. "Música do demônio, isso sim", pensava.

À noite, recolhido a seu quarto no hotel Bambino's, enredado na cama, pés doloridos após um dia de prontidão, a Bíblia de Gideão aberta sobre o criado-mudo, o guarda-costas sonhava com Jane. Exultou silenciosamente ao ouvir que ela estaria sob os seus cuidados nas próximas horas.

Sujeito metódico, havia traçado duas missões na vida: cultivar os músculos e o intelecto. Primeiro cuidou dos músculos e, no momento em que não havia mais nada para lapidar em seu físico, partiu para o intelecto. Contribuíram para essa determinação o fato de Bunny ter violado a condicional, e a prisão estadual de Indian Springs, para onde fora enviado, possuir uma excelente biblioteca para os padrões do sistema carcerário. Seus ombros largos, com deltoides definidos e proeminentes, carregaram livros por um tempo.

Na prisão, não lhe restavam muitas coisas, exceto as palavras. Com disciplina ferrenha, começara pelo dicionário. Depois, explorou a Bíblia. Um velho presidiário de tardia sabedoria o auxiliou na lida com as Sagradas Escrituras. Em seguida, tencionavam passar aos gregos. Mas ainda estava muito influenciado pela palavra divina. Após a conversão, não perdeu uma missa enquanto esteve preso.

Se quisesse, ele poderia ser o astro do campeonato de futebol americano do presídio, mas preferia não participar. Muitos o consideravam esnobe, metido a superior. Por menor que fosse o assunto, Bunny gostava de argumentar a respeito. Ganhou o apelido de Filósofo. Com frequência, alguém o procurava enquanto se exercitava no pátio da cadeia. Não era, na verdade, um bom interlocutor. A palavra de Deus estava com ele, e esta era a definitiva.

— Bateu uma punheta ontem? Logo você estará no inferno.

— Diabos Bunny, o inferno é aqui.

De volta às ruas, apresentou-se para uma entrevista promissora. Um primeiro exame foi feito por um sujeito mal-encarado chamado Aaron. O contratante basicamente se limitou a comprovar as excelentes condições físicas de Bunny.

Massa corporal à parte, ele tinha um metro e oitenta de altura e aparentava ser mais jovem que seus trinta e poucos anos, com cabelos fartos caindo sobre os olhos, sobrancelhas espessas, pescoço largo e sorriso nervoso. Na entrevista, usou uma camiseta preta apertada para mostrar os bíceps. No final, Bunny conseguiu a posição de guarda-costas de Frank Alvarado, o dono do cassino Foxwood.

A despeito de toda a agitação que o emprego lhe proporcionava, de todos os vigaristas e gângsteres que lhe apertavam as mãos, ele prosseguia em sua jornada espiritual. Tinha a certeza de que fora escolhido entre os tantos sujeitos durões da cidade para mostrar que os desígnios do Criador culminavam na salvação de quem pudesse ouvi-Lo.

No entanto, havia Jane. Todos aqueles músculos, toda aquela certeza e determinação e palavras divinas não eram páreo para Jane. Eis que ele se viu finalmente agraciado com um momento a sós com a garota de seus sonhos.

A força aparentemente incontrolável que Jane possuía, e com a qual seduzira o chefe de Bunny, ainda não se manifestara naquela manhã. Parecia distante, enquanto o guarda-costas a conduzia pela cidade. No rádio da BMW preta conversível, Amy Winehouse cantava *Love is a Losing Game.*

Bunny mantinha o ar um tanto solene ao volante, mas na verdade sentia-se inibido. Procurava Jane com os olhos no retrovisor, que ele ajustara para observar a garota no banco traseiro. Esparramada no estofado de couro branco, ela percebera o desconforto, e adivinhara que a apreensão de Bunny não era apenas a preocupação de proteger a mulher que seria a estrela do musical prestes a estrear no Foxwood. Havia enfeitiçado o segurança, e essa certeza lhe provocava ao mesmo tempo excitação e, bem lá no fundo, uma certa melancolia. Se para Bunny o amor era render-se ao pecado, para Jane era uma prisão. Ela carregava, sem perceber, uma ternura envergonhada pelos homens, o que se chocava com seu espírito libertário.

— Então hoje é a grande noite? — ele arriscou perguntar.

Jane não fez qualquer comentário. Em vez disso, deu ao segurança instruções para o itinerário que fariam juntos. Ela afastou temporariamente o sentimento de comiseração por Bunny e sorriu satisfeita ao lembrar que havia convencido, até com certa facilidade, que Frank concordasse com aquele passeio.

O ciúme dele tinha atingido níveis insuportáveis. Era sufocante viver daquela maneira. E aquela ideia de torná-la uma cantora só fizera aumentar a vontade de fugir. Ela havia se sacrificado ao máximo, mas agora era preciso seguir em frente. Por acaso não fugia dos homens desde sempre? Das mãos desejosas do pai, dos primos, do vizinho? De Frank. De Bunny.

O segurança procurou novamente Jane no retrovisor. Ela tinha sacado de algum lugar lá atrás uma garrafa de vodca sabor framboesa que entornava pelo gargalo, enquanto o conversível contornava a paisagem sonolenta de casas brancas enfileiradas ao longo da avenida. Naquela região, a cidade dormia sob o vento do deserto.

— A senhora não devia beber. Não hoje — disse ele, num rasgo de impetuosidade.

— Sem essa de senhora.

Ele arriscou começar um sermão de como era importante resistir a tentações. Jane não deu a mínima. Ela estava gritando por dentro, e Bunny vinha com aquele papo furado de Bíblia?

Fazia muito calor àquela altura. Um calor incomum para aquela época do ano. A luz intensa do sol atingiu em cheio o rosto de Jane quando ela divisou uma casa em particular:

— Pare aqui, Bunny — ela ordenou, de repente.

Estacionaram diante de uma casa de tijolos vermelhos descascados, afastada do calçamento, com um reluzente Buick Riviera esverdeado estacionado à porta, muito mais conservado que a residência. Como se o proprietário tivesse gastado todo o dinheiro que tinha no portentoso cupê. Jane conhecia aquele carro. O dono dele se chamava Bob Perez, um crupiê metido a conquistador.

Ela saiu do conversível e caminhou suavemente até a porta da casa, de salto alto e vestido azul provocante. Seu corpo ondulou pela calçada, sob o olhar de Bunny, que ainda tentou protestar:

— Ei, onde pensa que vai?

Mas Jane não lhe deu atenção. Tocou a campainha e aguardou Bob aparecer. O crupiê parecia ter despertado naquele momento.

Bunny viu os dois discutirem asperamente, até que o homem deu as costas à garota e sumiu dentro da casa. Jane esmurrou a porta.

— Ordinário. Vai se arrepender.

Ela voltou para junto de Bunny. Tinha cometido um erro vindo até ali. Mas não sairia de mãos abanando.

— Me dá sua arma, Bunny.

— O quê? Não, não posso... — ele balbuciou.

— Dá logo essa porcaria de arma, anda. Não vou matar ninguém, se é isso que te preocupa.

Pegou a automática que o guarda-costas, ainda hesitante, sacou da cintura. Ele olhou a garota caminhar com passos resolutos. Estava rendido à vontade dela. Ela era tão...intensa, aquela era a palavra. Qualquer que fosse a decisão de Jane, Bunny estaria com ela. E Deus estaria com eles.

Mas a mulher não foi até a porta. Parou ao lado do carro, olhou para a casa, depois voltou-se novamente para o Buick e deu três disparos com a pistola, estraçalhando os vidros da raridade guardada pelo crupiê. Então correu de volta e entrou na BMW, com a arma na mão. Arrancaram enquanto o alarme do outro carro soava e Bob, as mãos na cabeça, aparecia para conferir o resultado do tiroteio.

Jane aspirou o ar carregado daquele início de tarde, enquanto Bunny a observava, apreensivo. Ainda tinha consigo a arma do segurança. Poderia não ser uma crooner virtuosa, mas estava descobrindo talentos como atiradora. Puxar o gatilho lhe trouxera uma rara sensação de contentamento.

Entornou uma boa dose de vodca e sorriu.

Premonições e pressentimentos

— O que será do futuro, Nick?

O famoso entrevistador das estrelas da música pop formulara aquela pergunta com todas as letras para que ele — e tão somente ele, Nick Sullivan, o premiado produtor — pudesse responder. O tempo parou para que Nick suspirasse profundamente, apertando os olhos em busca do exato significado de seu vaticínio. Todo mundo queria respostas. A audiência clamava por elas. Ele também queria respostas.

— Ah, o futuro é... insuportável.

Em seu auge, quando tinha influência, dinheiro e falsas amizades, quando assinava contratos nas sedes das grandes gravadoras, Nick concedera entrevistas como aquela que brotava agora em sua imaginação. Acomodado no banco do carona, ele falava sozinho com o espelho do carro, um Mazda 3 vermelho berrante, parado no estacionamento do motel Six, às margens da estrada para Reno. E o que via, imaginação à parte, era alguém prestes a entregar as cartas.

Mesmo em sonhos, como naquele momento, Nick mantinha-se pessimista. Quando conseguia dormir, sonhava com a morte. Acordara naquela manhã com o pressentimento de ela lhe faria em breve uma visita.

Nos últimos dias, a mente dele esteve povoada de visões que o deixavam aterrorizado. Os delírios se tornavam cada vez mais frequentes. As vozes estavam lá, entrecortadas com presságios estranhos, visões de uma criatura que ele ainda não sabia ao certo se viria em seu auxílio ou para o golpe final em suas ilusões. Vivia com os nervos em frangalhos. E o físico trazia todos os sinais de sua derrocada: o rosto magro de olhos fundos, o jeito de fuinha assustada, a barba por fazer, os cabelos revoltos.

Nem sempre fora assim. Outrora aclamado no mercado da música, Nick era tão meticuloso com seu visual quanto exigente no estúdio. Dedicado, workaholic, manipulava o arsenal de canais e microfones com maestria. Tinha seus próprios truques, seus próprios segredos. Sua norma era "nunca grave nada do que possa se arrepender depois".

Algumas estrelas realmente se impressionaram com a sua velocidade de raciocínio, a percepção para antecipar o desejo do artista e encontrar a configuração de instrumentos mais propícia, o esmero ao extrair os timbres que antes só existiam na imaginação do compositor. Tinha conhecimento enciclopédico, tinha habilidade e competência técnica para o ofício.

Infelizmente para ele, o planejamento levado a cabo nos estúdios de gravação não funcionava nas mesas dos cassinos. Um azar insistente o tornou uma lenda entre os perdedores de Las Vegas. O resultado é que havia agora aquele problema da dívida com Frank.

Um mês de crédito no cassino Foxwood provocara a ruína em todos os sentidos: perseguido pelos capangas do ex-patrão, escorraçado da cidade. Seu nome fora do letreiro do musical. Ele ligou para algumas pessoas que conhecia no mundo da música, mas ninguém retornou. Deixara seus princípios de lado e estava aceitando qualquer trabalho, enquanto tentava ganhar uns trocados agendando os serviços de Duane, o anão.

Havia também aquela história com Miranda. Ninguém mais se importava com ele, exceto Miranda. Num momento estavam juntos e, no instante seguinte, poderiam brigar e pôr tudo a perder. Juntos, separados, juntos novamente. "Ela nem mesmo é uma garota", ele hesitava. E se odiava por ceder àquela atração.

Qualquer gesto enternecedor de Miranda poderia ser o estopim de um caos emocional. A cabeça dela roçando no peito nu de Nick. Os dedos entrelaçados. Um carinho fortuito. Parecia condenado a conviver com aquele sentimento de culpa. Estava à espera de uma punição que só ele enxergava. Deitara-se com uma travesti que lhe satisfazia sexualmente e, no fundo, era essa descoberta, da atração subversiva, que o atordoava.

As vozes. Elas estavam mesmo lá, sussurrando no seu ouvido, ou eram, como a criatura misteriosa que lhe acorria, fruto de sua imaginação?

"Por onde andaria Duane?"

Deu um grande suspiro. Em seguida, soprou o ar profundamente. O antigo Nick, aquele menino apaixonado por discos, queria lutar. Mas mesmo o esforço mais autêntico, um lance de sorte, uma mão com o melhor jogo da noite, nada seria o suficiente. A banca sempre vencia.

Deixou o carro, erguendo-se com sofreguidão. De onde estava conseguia enxergar o vulto de Miranda, movendo-se com desenvoltura na recepção do hotel. Acenou para ela sorrindo, disfarçando o seu próprio mal-estar. Miranda tinha retirado cinco mil dólares do banco, e Nick fizera planos para aquele capital.

Ela se exibia com caretas e trejeitos para o rapaz da recepção, remexendo o corpo, chacoalhando as enormes pulseiras, passando as mãos repletas de anéis pelo rosto e fazendo poses sexies. A despeito de acompanhá-lo há meses, Miranda não demonstrava qualquer indício da decadência de seu parceiro. Circulava exuberante, de peruca loira Ursula Andress, calça de couro púrpura e salto alto. O máximo que se permitiu em termos de desleixo, naquela manhã, foi abrir mão de parte da maquiagem rotineira, não aquela que a transformava em uma diva entre as crooners, mas a que normalmente usava no dia a dia. De rosto praticamente nu, depois de dar uma mostra de seus truques, brincava com o atendente do motel, dizendo que ele aproveitasse para apreciar pela última vez sua beleza.

Um tanto a contragosto, assinou o recibo das despesas com seu nome original, Michael Faith. Michael, ou Miranda, tinha chegado aos 30 anos, e sempre que precisava indicar sua profissão nas fichas de hotéis, escrevia: cantora. O rosto alvo e bem-cuidado ostentava as primeiras rugas. Os cabelos, tingidos de preto e escondidos sob a peruca platinada, outrora tinham sido fartos o suficiente para tocar os ombros largos, que Miranda considerava, não sem razão, o ponto fraco em seu projeto de mudança de sexo.

Apesar dos gracejos com o atendente, sentia-se insegura com o que estava por vir, se aquela era mesmo a coisa certa a fazer. Dois garotos adolescentes passaram por ela, escarnecendo entre eles, como se tivessem detectado um extraterrestre profanando a recepção do Six. Mas Miranda não se incomodava mais com aquele tipo de reação.

Olhares enviesados, gente que desviava do caminho ao vê-la, como se fosse uma aberração, condenando-a em silêncio, nada daquilo parecia importuná-la. O que estava lhe atormentando era a ideia de que, naquela altura da vida, estivesse prestes a proteger um homem que se apropriara de sua existência, ao longo de uma relação tempestuosa.

Nick a viu cantando em um lugar escondido no subsolo do hotel Metropolitan, na Strip. O produtor andava na época desorientado, vagando de bar em bar. As vozes já se manifestavam, e Nick acreditava com todo fervor que foram elas que o impeliram para aquele cubículo de luz evanescente.

Miranda impressionava a pequena plateia em um vestido dourado longo de seda e babados brancos, andar lânguido, gestos delicados e expansivos em direção às mesas envoltas em uma penumbra de tons arroxeados, onde Nick, atônito, a ouvia sussurrar.

— You ma-de me for-get my dreams... — ela cantava devagar, mastigando as palavras.

Quando a procurou ainda no palco do bar, Nick parecia ao mesmo tempo excitado e hesitante. Agora, meses depois daquele ímpeto, ele se sentia confuso, como se aquela necessidade envergonhada de sair dali e se deitar com Miranda fosse uma sina pesarosa da qual não pudesse se desvencilhar. E ela tinha plena consciência daquela sua vulnerabilidade.

— Vai levar os fósforos? — perguntou o rapaz da recepção, despertando Miranda do devaneio. Parecia que estivera distante durante um dia todo.

Ela acariciava uma caixa de fósforos com o nome do motel. Custava uma ninharia, mas pretendia levar como um souvenir, sem pagar. No entanto, se distraíra e fora apanhada com a lembrança na mão.

— Pode levar. Boa sorte em Vegas — tornou o rapaz, com um gesto de desprendimento.

Ela agradeceu com um sorriso e girou ruidosamente sobre seus calcanhares com o salto agulha. Antes de deixar o lugar, colocou duas moedas na máquina de cigarros e se preparou para puxar um maço de Lucky Strike. Os mecanismos foram acionados, uma alavanca moveu-se ruidosamente lá dentro, e a máquina despejou não um, mas dois maços de sua marca preferida.

Ao entrar no carro, sorriu para Nick, agora serenamente acomodado, deixando-o curioso.

— Que diabos aconteceu?

— Sorte — Miranda respondeu, com os dois maços de cigarro na mão, enquanto dava a partida — Estou com bom pressentimento. Hoje será nosso dia de sorte.

Distrações terrenas

O bar Hellboy era um reduto à beira da estrada onde turmas de clientes ruidosos se arriscavam no boliche. Aos domingos, motoqueiros vinham tomar cerveja e ouvir rock'n'roll na jukebox. Nos outros dias, o bar era território dos caubóis.

— Estamos perdendo tempo, Spaceman — disse Duane, ainda contrariado.

A muito custo, fora convencido pelo anjo a desviar seu itinerário até aquele bar, atrasando o retorno a Vegas, que começou no momento em que eles tomaram posse da caminhonete abandonada pelo bando de Frank no barracão. Ele conhecia aquele carro: o Chevrolet pertencia ao seu agente, Nick, e não seria a primeira vez que Duane iria dirigi-lo. Uma vez, com a ajuda de caixotes e travesseiros, trouxe o velho rancheiro por boa parte do caminho de Reno até Las Vegas, com Nick bêbado ao seu lado. Fora nele que um dos homens do bando de Frank sequestrara o anão e o trouxera até o deserto.

Duane tinha sede. Havia sempre uma garrafa de scotch pela metade por ali. Mas o bando de Frank tinha enxugado tudo. O anão pediu ao anjo que procurasse na traseira da caminhonete alguma coisa que pudesse ser usada como apoio para que ele assumisse o volante.

Rudi não encontrou nada, exceto uma calça jeans surrada e uma camiseta branca, com a frase "Jesus é meu mano". O anjo sorriu e imediatamente tomou para si aquelas roupas, jogando fora a túnica com a qual estava vestido. A camiseta ficou um tanto folgada, mas ele não se importou com esse detalhe.

Duane olhou para seu parceiro, agora trajado como um sujeito comum, deixando Rudi um tanto desapontado, por não reparar nos dizeres estampados na camiseta.

O anão continuava irritado. Balançava as tranças rasta de um lado para o outro, em sinal de descontentamento:

— Como assim você não sabe dirigir?

Passou algumas orientações rápidas para o anjo e eles partiram, a caminhonete trôpega resfolegando a cada troca de marcha vacilante. Mas Rudi logo pegou o jeito.

Teve que usar seu magnetismo de anjo desgarrado para convencer o anão e poderem tomar o caminho de uma espelunca que nenhum dos dois conhecia. Duane já tinha ouvido falar do Hellboy, mas nunca se aventurara por lá. Como parte do trato, pararam antes na loja de armas Little Rambo, ainda nos arredores da cidade.

O próprio Little Rambo, um velhote de bigodes pontudos, viera lhes atender. Depois de alguma hesitação, Duane escolheu uma pistola. Mas não tinha a grana para levar o revólver, nem mesmo para a munição.

— Tem algum dinheiro com você aí, Spaceman? — perguntou.

Sim, ele estava cheio da nota. E nem fora tão difícil assim conseguir a gaita. Antes de sua viagem para a Terra, Rudi deteve-se diante de uma placa, onde se lia:

Marcenaria
Curso Avançado

Abriu a porta e se defrontou com o ar solene de Noé. O ancião não gostou nem um pouquinho de ser interrompido.

— O que você quer? — disse ele, aborrecido.

— Procuro por Timóteo.

Noé se aproximou e ficou bem próximo de Rudi. Séculos após o dilúvio e a barba dele ainda cheirava a madeira encharcada de chuva.

— Ei Tim, você ainda tem aquele dinheiro que me mostrou? Aquele que sobrou da sua viagem? — Rudi disse ao amigo, assim que ficaram a sós, longe dos olhos do patriarca.

Tim era o melhor aluno de Noé e havia sido enviado à Terra, sob os auspícios do mestre, a fim de trazer alguma nova informação sobre técnicas de carpintaria (o próprio Noé era avesso à ideia de incursionar no firmamento. Tinha vivido mais de 2500 anos e não pretendia voltar à Terra tão cedo).

Tim concordou em ceder as notas para Rudi, desde que este não o metesse em encrenca. Assim, o anjo tinha em sua posse uma pequena fortuna.

— Traga ele pra cá, Rudi. Ganhe a aposta — disse Tim, ao se despedir.

A aposta o trouxera até ali. Sacolejando no Chevrolet, Rudi conteve a euforia, enquanto se aproximavam do letreiro do Hellboy, cujo luminoso era um diabinho apontando o tridente para a entrada do bar. Se suas informações estivessem corretas, ali encontrariam Murdoch, o veterano emissário das causas divinas na Terra.

O lugar era espaçoso. Em vez do vermelho diabólico que o nome Hellboy poderia sugerir, era decorado em tons de rosa claro. Rosa nos bancos, nas mesas e no balcão, onde um sujeito franzino espantava moscas. Um policial grisalho era um dos dois únicos clientes, atendidos por uma garota de gestos graciosos. Ao lado dele, havia um homem apreensivo, metido num terno barato, olhos vidrados na garçonete.

O policial observou displicente a chegada de Rudi e Duane, enquanto sorvia um gole de café. O anão desviou o olhar, ocultando os ferimentos em seu rosto. Chamou Rudi:

— Ei Spaceman, te espero lá fora até você resolver suas paradas, tá legal?

Ao fundo, havia cinco pistas de boliche. Naquela tarde quente, os pinos permaneciam silenciosos. O único movimento vinha do palco, onde um trovador solitário ensaiava no precário equipamento de som do bar.

Rudi passou ao largo dele, e teve a sensação de que conhecia aquele cantor. Um velhinho cheio de energia, camisa de veludo bordô, óculos com lentes grossas, cabelo branco rareando na frente e formando pequenos caracóis atrás. Ainda estava tentando adivinhar quem seria o músico quando identificou adiante o alvo de sua procura.

— Ei Liza, abre uma pista pra mim — o sujeito ordenou.

A garçonete, que acompanhara Rudi sem alarde, retornou ao balcão e acionou uma alavanca. Murdoch observou os pinos inertes ganharem vida, com o olhar flamejante, triste e expectante ao mesmo tempo. Um monitor piscou ao fundo e exibiu uma fúlgida tela azul, que pareceu animar levemente o anjo veterano.

Ele bateu as mãos espalmadas e preparou-se para escolher a bola do primeiro arremesso. A garota e Rudi fixaram os olhos nele, admirados com a desenvoltura de Murdoch, empertigado sobre o piso reluzente da pista de boliche.

Os relatos sobre Murdoch iam do lendário ao folclórico. O anjo teria participado diretamente de muitos feitos das estrelas do rock. Mas andava enferrujado. Pelo o que Rudi conseguira apurar, a última contribuição dele tinha sido o "doodoodoo" do *Walk on the Wild Side.* Ao que consta, Lou Reed nunca agradeceu Murdoch por este ter lhe ensinado acordes secretos e depois soprado no ouvido dele o coro que emoldurava seu maior sucesso.

Mesmo tendo Rudi na sua cola, Murdoch permanecia impassível. Lá estava ele, apartado das hostes celestiais pela sua fé esmaecida. Ostentava costeletas e jaqueta de couro. Na cabeça, uma bandana pontilhada por pequenas caveiras. Não era dia de roqueiros no Hellboy, mas ninguém parecia se importar. Murdoch já havia se misturado à paisagem.

— Um servo de Deus está entre nós — disse ele finalmente, após o primeiro arremesso, sem ao menos se virar para Rudi. Quando voltou os olhos para o anjo, após derrubar todos os pinos com um golpe certeiro, mirou a camiseta com os dizeres "Jesus é meu mano".

A voz de Murdoch era firme e suave ao mesmo tempo.

— Ei Murdoch, adivinha só? Tomei coragem e usei o portal — disse Rudi, enquanto se acomodava na cadeira à sua frente.

— Ei, tá me ouvindo? Preciso falar com você.

Assim que Rudi ocupou o assento de fórmica rosa, a garçonete surgiu novamente ao seu lado, oferecendo café. Ao percebê-la, o anjo se deteve, sorrindo.

Por um instante, deixou de se concentrar em Murdoch.

Olhos lindos de anjo

Liza tinha pele clara e olhos verdes sedutores. *Pretty little angel eyes*, como os da canção. Era como se ela também tivesse vindo do Paraíso. Na verdade, era muito parecida com uma garota que Rudi conhecia, do grupo Sweet Inspirations. Mas Murdoch não notou o deslumbramento do anjo.

No tempo em que trabalhava em Vegas, Liza havia tentado a carreira de cantora, mas o máximo que conseguira fora entreter alguns homens que conhecia nos corredores dos cassinos, com músicas que sussurrava no ouvido deles, como se fosse uma garotinha. Só voltaria a imaginar se teria a chance de subir ao palco como profissional tempos depois, quando enfrentou um punhado de bêbados com sua voz afinada e alguns passos de sapateado, truques que aprendera com a dona do Rancho Inn, uma francesa ex-estrela do vaudeville que montara uma espelunca lá para os lados da cidade fantasma de Calico, e abrigara a garota por uns tempos. Foi com uma certa surpresa que Liza conseguiu executar seu número e até arrancar aplausos de um bando de pés-rapados, animados pelo som seco do sapateado sobre o piso de madeira envernizada do palco do Hellboy.

Rudi disputava os olhares da garota com o homem no balcão, agora solitário, uma vez que o policial tinha ido embora. Quando Liza se afastou da área do boliche, Murdoch já havia derrubado mais uma leva de pinos e, pela primeira vez, concentrou-se em Rudi. Começou a interrogá-lo:

— Como estão os seus ouvidos?

— O que disse?

— Eu disse: como estão os seus ouvidos?

— Não sei, tem um zumbido que não para. Isso é normal?

Rudi não conseguia se livrar daquele som renitente, que o acompanhava desde que encontrara Duane no deserto.

—Você não devia estar aqui. Não mesmo.

— Eu tenho que achar Elvis. Preciso da sua ajuda. Syd disse que você poderia me ajudar.

— Qual Syd?

— Syd Barrett.

— Aquele maluco. Nunca me deu ouvidos. Por que ele achou que eu te ajudaria? Quem mais anda por lá?

— Bem, na ala musical, tem um punhado de gente. Eu fiz uma aposta com Sam, Marvin, Otis e Jackie Wilson.

— Sam Cooke?

— Ele mesmo. E Marvin, Otis e Jackie. Eles são uma espécie de gangue.

— Posso imaginar.

Rudi ainda estava impressionado com a garota. Não tirava os olhos da garçonete.

— Pode olhar. Desejá-la — aquiesceu Murdoch —Não é pecado. Aqui somos todos pecadores. É o que nos ensinam quando descemos à Terra. Mas no seu caso, parece que não houve nenhum ensinamento. Veio à revelia, certo? Ei, está me ouvindo?

Rudi permanecia vidrado na garota, o que fez Murdoch adverti-lo:

— Calma aí, novato. Olhar tudo bem, mas não desse jeito — disse ele, se aproximando um pouco mais do anjo —Tá vendo aquele sujeito no balcão? É o noivo de Liza. Ela o deixou e ele quer que Liza volte pra casa. Um assunto terreno demais para você se intrometer.

— O que disse? — tornou Rudi, despertando para a conversa — Olha, sei que Elvis está por aí, na cidade dos cassinos. Vai me ajudar ou não?

Murdoch não respondeu de imediato. Rudi não sabia, mas, por acaso, o veterano tinha um compromisso em Vegas naquela noite.

Do palco, o velhote deixou escapar uma microfonia.

— Que aposta é essa? — quis saber Murdoch.

— Apostei que levaria Elvis para o céu.

— Mas que presunção a sua! Ele nunca quis subir. Sempre se recusou. E Deus nunca se incomodou muito com isso.

— Sei disso. O divergente especial. É por isso que preciso da sua ajuda. Preciso levar Elvis para o céu e convencer os rapazes a treinarem o nosso coral.

— Você não devia estar aqui — respondeu Murdoch, sem prestar atenção ao que Rudi dissera — Sabe o que acontece se você não voltar, não?

— Sei exatamente o que acontece.

Mas Rudi estava mentindo. Talvez fosse condenado ao limbo ou algo assim. Mas não tinha certeza. Só não queria dar o braço a torcer e admitir que era um anjo de terceira categoria, sem nenhuma instrução.

Murdoch parecia avaliar a situação. Passou as mãos pela cabeça, abaixo da bandana. Estava, para sua surpresa, perdendo cabelo. "Deus, ele está longe de ser uma inspiração", pensou Rudi.

— Quer um conselho? Não tente medir forças com Deus — tornou Murdoch, como se estivesse lendo pensamentos.

Rudi distraiu-se mais uma vez. Cravou os olhos na garçonete, que servia mais um gole de café para o homem no balcão. Este tinha uma expressão ameaçadora. Estavam tendo um desentendimento qualquer. O outro sujeito que trabalhava com Liza havia sumido de vista.

— Você vai descobrir que Ele é um sacana. Muito sacana — continuou Murdoch —Temos que ficar bajulando Deus. Ele é o criador da porra toda e muito ciumento das suas realizações. É exigente. Nunca está satisfeito.

A garçonete finalmente notou os olhares de Rudi e dedicou sua atenção, ao longe, para a mesa onde ele e Murdoch conversavam. Retribuiu o olhar de um jeito sedutor, deixando o cliente no balcão falando sozinho. O sujeito a bombardeava com perguntas que ela mal ouvia.

— Cansei desse negócio — continuou Murdoch — A serviço Dele, andei por aí ajudando essa gente. Elvis, Lou. Os Beatles. E o que ganhei?

De repente, ele parecia bastante amargurado.

Liza avançou na direção deles. Era uma figura leve, quase diáfana, cabelos pretos encaracolados que ultrapassavam os ombros. Uma das orelhas estava descoberta, e aquilo parecia lhe dar ainda mais graça, pelo menos aos olhos do anjo. Os lábios rosados permaneciam entreabertos, como se estivessem numa súplica. Uma pequena cova no queixo e uma minúscula pinta sobre o lábio superior completavam os traços encantadores. Era mesmo uma preciosidade, como uma Mercedes estacionada num bairro barra-pesada. No dia seguinte, provavelmente ela não estaria mais lá.

— Essa é Liza. Liza, um amigo da minha terra natal — disse Murdoch.

— É mesmo? Você também é do Tennessee? — Liza perguntou.

Era simpática e petulante ao mesmo tempo.

— Quem é o cara no palco? — Rudi perguntou.

— Oh, é o Don McLean. A atração especial dessa noite.

— Tá falando sério?

— Sim. E ele prometeu que dessa vez vai tocar *American Pie.*

— É bom mesmo. Da última vez, quase destruíram o bar inteiro — lembrou Murdoch, de volta ao boliche, sem desviar a atenção de seu jogo. Acabara de derrubar mais uma dezena de pinos de uma só vez, no mesmo instante em que o homem no balcão saía pela porta da frente, enfurecido por Liza não lhe dar atenção.

A garçonete se afastou novamente. Estava certificando-se pela janela de que o noivo tinha se mandado de vez.

— Gosta de apostas, hein? — tornou Murdoch. — Aposto que não consegue derrubar tudo numa só tacada.

Rudi observou o rosto de Murdoch, marcado por pelo menos um século de existência. Notou um arremedo de excitação no fundo daquele olhar.

—Não tenho tempo para mais apostas — respondeu o anjo.

— Acontece que tenho compromisso essa noite. Uma entrevista, para um novo emprego.

Seria possível a um anjo envelhecer? Murdoch era o primeiro velho de sua espécie que Rudi conhecia. Bem lhe avisaram: aquele lá é carta fora do baralho.

Decidiu provocá-lo:

— Novo emprego? Acho que me enganei a seu respeito. Não sabia que estava aposentado. Fica aí com toda essa pose. Aposto que nem consegue mais encontrar Elvis.

Murdoch fez um novo arremesso. Ficou observando a bola deslizar suavemente pela pista até o encontro com os pinos. Dessa vez, não fora tão preciso. Dois dos alvos permaneceram em pé, um em cada extremidade.

— Quer apostar que eu não consigo encontrar Elvis?

— Aposto que não consegue falar com ele. Aposto, sim, se quiser.

Murdoch voltou-se cerimonioso para o carrossel de bolas e retirou uma delas num movimento certeiro. Girou em seus calcanhares e, de frente para a pista, ficou meditativo por alguns segundos. Depois, voltou-se e retribuiu o olhar desafiador de Rudi:

— Quero ver sua tacada. Vamos lá, homem de Deus. Derrube os dois pinos que restam e eu vou com você.

Ficou segurando a esfera brilhante diante de Rudi. O anjo parecia intimidado. Diante de sua hesitação, Murdoch depositou a bola de boliche em suas mãos e esperou que ele reagisse.

Liza voltou a tempo de flagrar a cena e perceber o quão desajeitado era Rudi com a bola de boliche nas mãos.

— Vocês não têm boliche de onde você veio?

— Sim, mas é muito longe da minha repartição.

— Seu amigo é engraçado, Murdoch.

— Por que não me dá uma mãozinha aqui? — perguntou Rudi.

Ela se aproximou, sem muita cerimônia, e tomou a bola de cor alaranjada das mãos do anjo.

— O segredo é você escolher uma bola que tenha um bom encaixe. Veja só como eu faço. Furo maior para o dedão e os outros furos para os outros dedos.

Parecia simples. Mas Liza o alertou, antes de devolver a bola:

— Muito pesada. Pelo menos para mim.

Rudi encaixou os dedos e sentiu o peso do artefato reluzente, como se este levasse dentro dele todos os planos que fizera para aquela temporada na Terra. Aprumou o corpo, consultou com um rápido olhar se Murdoch e Liza o observavam e fez o lançamento, um tanto brusco. A bola saiu trôpega, mas ganhou velocidade e atingiu primeiro o pino da direita, depois o da esquerda, da maneira mais improvável possível.

— E aí? Isso vale, não? — Rudi perguntou.

— Nada mal — disse Liza.

— Bela tacada — aplaudiu Murdoch. Colocou as mãos sobre os ombros de Rudi e continuou:

— Vamos ver então Elvis. Me dá uma carona até Vegas.

No fundo, gostava do novato, a ponto de se arriscar lhe mostrando o portal no Paraíso.

Rudi exultou, beijou as mãos de Murdoch, entusiasmado, e depois lançou um olhar para a garota. Teve ímpetos de beijá-la também.

O velhote que ajustava o som passou por eles, a caminho do banheiro, nos fundos do bar. Rudi deixou os dois por uns instantes, apenas para segui-lo. Não podia perder a oportunidade.

— Ei, Don, posso te fazer uma pergunta?

— Se importa de esperar eu voltar do banheiro? Estou meio apertado.

Rudi teve que aguardar Don fazer o serviço e voltar, ajeitando os óculos sobre o rosto:

— Vai lá. Manda bala.

— É sobre aquela parte de *American Pie* em que você pergunta se o rock pode salvar uma alma mortal. Acredita nisso mesmo? Sabe, de onde eu venho, esse trecho não é lá levado muito a sério.

— Ah, então é isso. Bem, já me fizeram essa pergunta um milhão de vezes.

— E então? Qual a resposta?

— Não tenho a resposta. Mas se quer saber, no meu caso funcionou. O rock me salvou.

Deixou o anjo sozinho, como se quisesse evitar que este lhe fizesse novas perguntas.

Murdoch já aguardava Rudi do lado de fora do bar. De repente, parecia apressado. Mas a caminhonete — e Duane — não estavam mais lá. O anão havia dado um jeito de arrancar com o velho Chevrolet.

Dentro do bar, Liza observava a cena, com seus olhos lânguidos, enquanto fingia arrumar uma das mesas. O velho Acura cinzento estacionado lá fora lhe pertencia.

Não seja cruel com o coronel

Elvis rumou para Las Vegas com o Mustang, a toda velocidade. Ainda guardava com ele o distintivo da Narcóticos que o presidente Nixon lhe entregara em mãos na Casa Branca, décadas atrás, caso algum policial resolvesse pará-lo no caminho. Mas ninguém interrompeu sua pilotagem agressiva. Somente quando uma placa o alertou que Vegas estava logo à frente — o pecado a perder de vista — é que maneirou com o acelerador.

Ele, o mais famoso entre todos os tolos que Las Vegas havia enganado, tinha permanecido um tempo longe da cidade, após o emprego na capela, até que se apresentara para os testes do show de Frank Alvarado. No fundo, detestava a capital dos vigaristas profissionais. Os sósias de Elvis. As estátuas dele no museu de cera. O coronel Parker, por sua vez, se sentia em casa ali.

Não havia cruzado com o velho ao longo de pelo menos umas duas décadas, até que tiveram sua despedida. Elvis não lembrava ao certo o que o fez procurá-lo, mas, de qualquer maneira, não foi difícil encontrá-lo numa suíte de 400 dólares no Hilton. Tudo no antigo empresário dele era falso, a começar pelo nome e pelo título. Não admirava então que, mesmo reconhecido em cada canto para onde fosse carregado em sua cadeira de rodas, o homem insistisse em se hospedar com um pseudônimo.

Do Hilton, o coronel saía todas as noites com a ajuda dos empregados do hotel, chapéu de abas largas enfiado na cabeça, para os cassinos. Estava raspando o tacho da fortuna que Elvis, seu menino de ouro, havia conquistado.

Da recepção, sem ser notado, ouvindo *Garota de Ipanema* ao fundo, Elvis o viu chegar com a enfermeira. Passaram pela estátua do Rei e seu violão que havia no lobby. O velhote de olhar débil parecia perturbado. Usava uma jaqueta azul marinho barata, comprada no Walmart da Charleston Boulevard. Estava morrendo, e tudo o que tinha ao redor eram lembranças de seu maior tesouro.

Elvis lamentou por um instante que não tivesse à mão uma de suas pistolas, algum daqueles brinquedinhos que gostava de ostentar nos tempos de glória, para dar um belo susto no coronel. Nem precisava ser um de seus Colts 45 folheados a ouro que ele tanto adorava. Um bom revólver de cano curto, como o que levou a tiracolo quando esteve na Casa Branca, já seria capaz de fazer um estrago.

Alguém na recepção chamou a enfermeira. Era a chance que Elvis estava aguardando. Correu rápido e, antes que o coronel notasse, empurrou a cadeira de rodas elevador adentro. Assim que percebeu o que estava acontecendo, o velho esboçou um protesto com a bengala, mas, ao girar o pescoço, reconheceu o Rei.

— Você...

Enquanto o coronel balbuciava, com sua voz anasalada de estrangeiro, Elvis, impassível, apertou o botão do trigésimo andar, deixando o velhote ainda mais contrariado. Um casal de meia-idade entrou no elevador aos beijos e nem ligou para a cena: não havia nada demais em se ver uma cópia de Elvis levando um idoso metido numa cadeira de rodas. Estavam em Vegas, afinal.

Chegando no último andar, o coronel ainda tentava falar com dificuldade.

— Não estou ouvindo, coronel — disse Elvis — Lindsay? A enfermeira? Belas pernas. Mas não vai precisar mais dela, coronel.

Mesmo na cadeira de rodas, o homem era bem pesado. Sempre fora um sujeito corpulento. Lindsay deveria ter mãos fortes, pensou Elvis, ao ajeitar o coronel e sua cadeira sobre o carpete vermelho que cobria o piso do Hilton.

À essa altura, o velhote estava completamente aterrorizado. Elvis mirava a vidraça ao final do corredor e se preparava para pegar velocidade. O antigo homem de circo tentou uma última cartada:

— O que é isso? Maços de dinheiro? MEU dinheiro, coronel? — Elvis reagiu, indignado. Em seguida, voltou a apertar uma das mãos em torno da empunhadura da cadeira de rodas, bem acima da cabeça do coronel, enquanto segurava com a outra mão uma das pernas, como um corredor que aquece os músculos.

— É preciso reconhecer: sua resistência é admirável, mas para todos os efeitos, coronel, eu já morri. Dinheiro não me importa mais. Agora vou lhe fazer um favor.

Elvis juntou as mãos do homem sobre o peito, o outro ainda agarrando as notas.

— O senhor escolheu tudo pra mim. Músicas. Shows. Mulheres. Agora eu escolho o seu fim. Adeus, coronel.

— Elvis, não — gritou ele com todas as forças que pôde reunir, num apelo derradeiro.

Mas Elvis o ignorou. Depois de tomar impulso, avançou acelerado até que o homem se lançasse no ar, estourando os vidros.

A visão do coronel caindo enterrado na cadeira de rodas em meio a uma chuva de notas de 100 dólares (*seus* dólares) e a bengala dele solta no ar era a melhor lembrança que Elvis teria de Vegas.

Sem nenhum remorso, o Rei entrou na cidade, a caminho do cassino Foxwood.

Um cadáver no subsolo

O telefone de Frank tocou pouco depois que os policiais deixaram seu escritório. Era Big Pete, em um telefonema do tipo "adivinha só quem está na cidade". Precisava falar urgentemente com o dono do cassino Foxwood. Dizia ter uma proposta irrecusável.

De todos os figurões do mal que Frank conhecia, aquele careca grandalhão era o que lhe dava mais calafrios. De modos calculadamente suaves, usava sempre um terno azul escuro de bom corte, sem gravata. As pernas eram um tanto finas para o paredão de músculos em que consistia o resto do corpo. Um detalhe chamava a atenção: sob a camisa, quase sempre branca e impecável, tinha duas pequenas tetas, leves protuberâncias distantes de combinarem com a sua ferocidade, que podia surgir ao primeiro sinal de desapontamento.

— O chefe está furioso com você — disse ele, do outro lado da linha — E sabe por que ele ainda não veio te cobrar? Por que não tomou um avião? Porque eu disse pra te dar mais uma chance.

Frank coçou o queixo, lembrando de Anton, o tal russo desaparecido. Agora lá vinha Big Pete lhe lembrar de seus compromissos. Os russos pareciam estar por toda parte. *Here, there and everywhere.*

— Tive um probleminha de fluxo de caixa. Nada demais. A grana vai voltar a rolar. Não estou fugindo de nada.

— Fluxo de caixa? Sei. Não acredito que exista essa expressão no idioma deles. Escuta, Frank, deixa que eu resolvo isso do meu jeito. Eu falo com os russos.

Era a oferta irrecusável dele. Big Pete iria livrá-lo das cobranças dos russos. Em troca, queria sociedade no cassino. Mas Frank não estava convencido.

— Olha Pete, agradeço a ajuda. Mas deixa que eu me entendo com os russos.

— Pense bem. Pode ser que eu não esteja disponível para acalmar os ânimos da próxima vez. Você sabe, o chefe tem pavio curto. Sendo seu sócio, eu estarei mais perto, pronto pra resolver as coisas com ele.

— Agradeço. Sério. Mas uma sociedade agora está fora dos planos.

— Entendo que ainda esteja indeciso — tornou Big Pete — Talvez queira pensar um pouco mais sobre minha proposta. Dá uma olhada no subsolo. Quem sabe você não encontra algo que lhe anime a reconsiderar?

Assim que Pete desligou, num tom entre amistoso e ameaçador, Norman, o gerente, surgiu sobressaltado. Frank precisava descer urgentemente para ver um pacote misterioso no frigorífico.

Ao chegar na câmara fria, precisaram afastar um pequeno grupo de funcionários que já se formava em torno da descoberta. Incrustado no gelo, entre peças robustas de carne, havia um homem morto, dentro de um saco plástico.

A princípio, Frank achou que ia vomitar, mas conseguiu se conter. Ele adivinhou que estavam diante do corpo de Anton, o jornalista russo tagarela que havia incomodado seus sócios. O cadáver tinha uma expressão de surpresa no rosto congelado, como se ainda não acreditasse na própria morte.

Quando deitaram o homem no chão do frigorífico, as suspeitas de Frank se confirmaram. No bolso do paletó, havia um recibo, registrado dois dias atrás, com despesas que Anton tinha feito no cassino.

De alguma maneira, e Frank não imaginava como aquilo teria acontecido, o russo, provavelmente embriagado, havia deixado o cassino e atravessado a larga pista da Paradise Road em direção ao hotel Fort Apache. De lá, Big Pete o trouxera de volta, sem vida. Era ultrajante. E assustador.

"Não havia necessidade disso. Bastava ele me dar um telefonema avisando que estava na cidade e queria conversar", pensou Frank, ainda aturdido com a ousadia de Big Pete.

Deu ordens para que todos voltassem ao trabalho, exceto Norman. Instruiu o gerente a conservar a câmara fechada, até que ele pudesse transferir o corpo para um outro lugar.

Norman ousou lembrá-lo de que tal providência deveria ser urgente, e Frank o dispensou com um aceno de mão. O gerente sabia que transferir era um eufemismo para desaparecer com o corpo.

Ainda sozinho no frigorífico, uma súbita falta de ar acometeu Frank. Em vez de se deter no próximo passo para a desova do jornalista, resolveu subir alguns degraus e ir até a frente do cassino, respirar com calma e pensar num destino para o presentinho de Pete.

A atmosfera na rua era festiva. Turistas se revezavam na calçada. Las Vegas fervilhava. As luzes da marquise do Foxwood, acima de Frank, permaneciam acesas, e ele gostava disso. Os letreiros anunciavam a estreia de seu espetáculo, "introduzindo Jane Waters". Para o começo da noite, havia programado o estouro de fogos de artifício a partir do alto do cassino. Adorava aquelas pequenas extravagâncias.

Além de Elton John no Hilton, ali pertinho, havia o Campeonato Mundial de Sósias naquela noite, no Red Theater, transmitido em cadeia nacional pela tevê. Frank praguejou contra a concorrência ao ver cópias de Madonna, Marilyn Monroe,

Michael Jackson e, claro, Elvis, entrando no Foxwood para tentar a sorte.

Da carroceria de uma caminhonete, alguns homens descarregavam equipamentos de som. Assim que percebeu que aquela era a parafernália que alugara para o show, Frank ficou rondando, admirando a destreza dos carregadores, e pensando como seria bom se pudesse despachar o corpo do jornalista em um daqueles contêineres.

Ele não notou, mas os detetives Jonathan e Scott estavam posicionados no outro lado da rua, em um sedã preto.

— Olha só pra isso — disse Scott, apontando com o queixo o pequeno exército que descarregava o equipamento de som.

— Entendo agora porque ele ficou sem dinheiro e deixou meia Vegas irritada. Está torrando tudo nesse show.

— Você viu a cara dele quando falamos do cara das tetas?

— Muito conveniente. Deve uma grana para os russos e aproveita para apagar o sujeito que está infernizando a vida dos sócios, quando o tal escritor resolve aparecer no cassino.

— Muito conveniente mesmo.

— Sim. É uma boa tese. Aposto duzentos dólares que o senhor Foxwood está escondendo alguma coisa.

— Vamos ficar de olho nele.

Ainda absorto no movimento dos carregadores, Frank demorou a perceber que havia, quase defronte ao cassino, um cantor empunhando um violão. Vestido de preto, capuz sobre os cabelos compridos, óculos escuros, o homem estendera o estojo do instrumento na calçada, mas ninguém parecia se importar com sua presença. Passavam por ele como se não existisse, o estojo aguardando as moedas de uma alma caridosa. Estava cantando *No Reply*, dos Beatles, de um jeito totalmente desafinado.

— I saw the light...

— Ei, você. O do violão — chamou Frank, apontando para o trovador — Aqui não é lugar de pedir trocado.

— I nearly died... — continuou o outro. Frank não sabia ao certo se o homem era cego. Mas com certeza não era surdo, pois girou a cabeça em sua direção. E então, antes que Frank o expulsasse, ele começou a cantar de um jeito totalmente diferente, e a música o atingiu como um passe de mágica. Ficou ouvindo a canção, embevecido. Quando o homem acabou, Frank já não estava tão certo de que deveria expulsá-lo.

— Você é cego?

— Oh, não senhor. Enxergo muito bem.

— Deve ter visto então o letreiro.

— Sim, senhor.

— Nós temos um bar. Está vendo aquele equipamento todo sendo descarregado?

O homem esticou o pescoço para o lado, desviando o olhar de Frank e tirando os óculos escuros por um momento para poder enxergar melhor a cena logo atrás do dono do cassino. Frank observou os olhos flamejantes e castanhos do sujeito e, dessa vez sem pestanejar, continuou:

— Logo mais vamos ter um grande show aqui. Não quero ninguém atrapalhando meus convidados, OK?

— Sim, senhor. Entendo. Ouvi dizer que os Strokes vão tocar essa noite.

— Strokes? Não, nada de Strokes. É uma miscelânea. Uma coisa autoral, sacou?

— Oh, sim, senhor. Saquei. Entendo perfeitamente.

Frank sorriu, satisfeito mais uma vez com seu autoproclamado poder de persuasão.

— Que bom. Gosto de homens de bom senso. Me ajude aqui, sim? — completou Frank, acenando com os polegares para trás, em direção ao cassino.

Antes que o homem respondesse, uma voz vinda de um Mustang prateado chamou Frank da rua:

— Ei, mister Alvarado.

O Mustang deslizou vagarosamente pela Paradise e estacionou a uns dez metros de onde Frank conversava com o estranho. De dentro do carro, surgiu um homem corpulento, metido em um macacão azul-celeste repleto de ornamentos, que atraiu a atenção de ambos com seu andar cadenciado. Era o Rei. Ao deixar o Mustang, um punhado de turistas se aglomerou ao redor dele:

— Ei, aquele Elvis ali está tirando foto de graça.

Quando Elvis conseguiu se desvencilhar, avançou e apontou direto para Frank, dizendo "mister Alvarado, lembra-se de mim?". Então Frank voltou a olhar para o músico na calçada, mas este não estava mais lá.

— Quero participar do seu show hoje à noite, senhor Alvarado. Topo qualquer coisa — disse Elvis, indiferente ao ar atônito de Frank.

— Você viu o sujeito que estava aqui agora mesmo?

Elvis deu de ombros e continuou, um tanto excitado com sua própria voz:

— Façamos um trato. Deixa eu entrar no seu show e não vai se arrepender. Olha, eu não aperto a mão de um homem desde que o presidente Nixon me recebeu na Casa Branca, mas para o senhor abrirei uma exceção. Estamos combinados? — disse ele, estendendo a mão direita para Frank.

O dono do cassino reagiu automaticamente ao gesto de Elvis, sem a firmeza no aperto de mão que o Rei merecia.

— É por isso que o sujeito não convence ninguém — comentou Jonathan ao ver a cena, do outro lado da rua, enquanto recebiam uma chamada no rádio da patrulha.

— Qualquer cópia de Elvis já se torna amigo dele — disse seu parceiro.

— Um fracassado. Vamos dar o fora daqui.

— Tem certeza? Sinto que tem algo quente aqui mesmo, dentro desse cassino.

— Voltamos depois. Quem sabe ele não nos convida para o grande show?

Na rua, Frank manteve o frouxo aperto de mão por algum tempo. Ainda estava confuso com o desaparecimento do cantor de preto.

— Você disse...qualquer coisa?

Tiros no Cânion

A tarde chegava ao seu ápice, com toda a luminosidade vertida sobre Vegas. Jane e Bunny rumaram até o cânion, longe da vista de todos, para um lugar isolado, onde a garota ainda deu mais alguns tiros. Quando cansou daquilo, começou a cantar de modo zombeteiro para que suas palavras ecoassem no precipício:

— *I told you I was trouble.* Vai se foder, Frank.

Por fim, quedou-se entediada. Duas horas ouvindo os sermões de Bunny haviam sido o suficiente para que ela se fartasse do segurança. Mesmo assim, foi gentil com ele. Havia devolvido a arma com um breve toque nas mãos, um gesto fortuito, quase imperceptível. Menos para Bunny. Aquilo o animou. Ele era tão desajeitado. Tão patético. Assim como Frank.

— Onde você aprendeu a atirar?

— Manny me ensinou.

— Quem é Manny?

— Uma amiga.

Jane alisou os cabelos platinados, enquanto lembrava de Manny, a cachorra da família em Iowa.

Quando a vira-lata adoeceu, já assombrada pela velhice, Jane se ofereceu para dar o golpe de misericórdia com a espingarda que o pai mantinha pendurada na sala. Manny merecia a homenagem.

Depois de praticar num carvalho centenário, a garota completou o serviço com um tiro certeiro no crânio do animal. Enterrou-a sob a sombra da velha árvore e, no dia seguinte, pegou um ônibus sem volta para Chicago. A mãe de Jane, que há tempos desaparecera de vista, surgiu misteriosamente na estação naquela manhã e colocou uma Bíblia em suas mãos.

Bunny não prestou atenção na história, nem mesmo quando Jane citou as Sagradas Escrituras. De repente, o guarda-costas se tornara o sujeito mais expansivo de Las Vegas. Loquaz, aquela era a palavra. Acomodou a automática na cintura e começou a falar incessantemente, como um pregador em transe. Filosofando. Para tudo havia um tempo, e aquele era o tempo — a Bíblia não o deixava mentir — de ela encontrar seu próprio caminho.

Com um sorriso distante, Jane ouvia o murmúrio da amplidão do vale de escarpas rochosas à sua frente, sem prestar atenção. Só despertou daquele torpor quando Bunny revelou que tinha 10 mil dólares guardados no hotel.

— Tá falando sério?

— Juro sobre a Bíblia.

"Lá vamos nós outra vez", ela pensou. E um mau pressentimento fez com que seu corpo tremesse.

Estava cansada das promessas dos homens. Boa parte de sua vida fora desperdiçada com ilusões vindas da lábia de um bando de sujeitos que a desapontariam depois. Como naquela vez em que o capitão do time de basquete a convenceu de que ela era a garota mais incrível do colégio. Ou daquela vez que o guitarrista de uma banda de garagem em Chicago lhe garantiu que teriam em breve um hit na parada de sucessos e faturariam milhões de dólares. Ou ainda quando Frank a seduziu com aquela história de estrela do musical.

Em todas aquelas ocasiões, ela seguira os caras. Mas o amor não lhe favorecia. Todas as vezes que havia confiado no amor, fracassara. Agora estava à beira do abismo, com um sujeito que sabia de cor o Evangelho.

— A gente pega a grana no hotel e até o final do dia estamos na Califórnia.

— Preciso de um cigarro.

— Eu não fumo.

Jane girou nos calcanhares e foi resgatar a garrafa de vodca no conversível. O vento lânguido acariciou seus cabelos, enquanto Bunny a observava. Ela se deteve por alguns instantes. Depois acendeu seu último cigarro com a erva que preparara pela manhã.

"Deixar tudo para trás, essa deve ser minha sina", ela pensou.

Quando voltou para o segurança, parecia refeita de qualquer hesitação.

— Vamos então para a Califórnia — ela disse, com entusiasmo. Cigarro na boca, jogou o que restava da vodca para o alto.

Um estampido ecoou bem acima deles. O tiro atingiu a garrafa, que se espatifou. Um dos estilhaços passou raspando pela cabeça de Jane.

Bunny sacou sua arma:

— Parado aí, anão! — disse ele, ao ver Duane empunhando a pistola, sem que este no entanto parecesse inclinado a usá-la novamente. Tinha um ar estranho, um tanto curioso, um tanto surpreso ao vê-los ali. Os hematomas queimavam em seu rosto. No entanto, não parecia ameaçador. Logo porém seu semblante foi tomado pela raiva:

— Eu te conheço. É o segurança de Frank Alvarado. Aquele filho da puta.

— Não trabalho mais pra ele — respondeu Bunny.

— Mas está com a garota dele.

— Querem parar os dois, porra! — gritou Jane.

Duane fez menção de baixar a arma, mas desistiu. Bunny fez o mesmo.

— Olha, ninguém aqui trabalha para o Frank, ok? Ninguém aqui gosta dele, na verdade — disse a garota para o anão.

Aquilo acalmou um pouco os ânimos. Duane ficou encarando os dois, como se estudasse o próximo movimento do segurança e da garota.

— É bom não ficarem no meu caminho. Vou matar aquele filho da puta. E ninguém vai me impedir.

— Ninguém vai ficar no seu caminho — Jane respondeu — Na verdade, estamos indo para o cassino agora. Se quiser, te damos uma carona. Não é mesmo, Bunny?

— Não acho apropriado, Jane.

Apropriado? "Que linguajar era aquele?", ela pensou. Bunny estava vomitando o seu precioso vocabulário para a pessoa errada.

— Tudo bem, vamos pensar no assunto. A gente vai para Vegas. Ele vai pra Vegas. Se no caminho quiser matar o Frank, tudo bem, a gente não se importa, ok? Ele não será o primeiro a tentar, você sabe.

— Vou precisar mesmo de uma carona. Não consigo mais dirigir a caminhonete. Essa dor nas costas está me matando — disse Duane, finalmente baixando a arma.

Jane havia dito aquilo no intuito de apaziguar os dois homens armados. E acabou dando certo. No caminho para o cassino, ao lado do segurança, enroscando os braços no pescoço dele para acalmá-lo e olhando para o anão atrás dos dois no conversível, a garota ficou pensativa novamente. Estava trocando um gângster perfumado por um pastor halterofilista. Não parecia lá ser um grande negócio. Mas em breve ela estaria na Califórnia.

Duane tentou demonstrar alguma animação:

— A propósito, meu nome é Duane. Então tá pegando a mulher do chefão? Ai, garoto. Ei, tem mais daquele negócio que você tava bebendo?

Mas acabou se recolhendo no banco traseiro, enquanto entravam na cidade.

Fora com pesar que o anão abandonara Rudi sem se despedir no Hellboy. Teve que improvisar com alguns caixotes que conseguiu com o empregado do bar, a fim de poder dirigir a caminhonete, e todo aquele esforço o deixara extenuado.

Agora, debruçado na parte de trás da BMW de Frank Alvarado, fazendo pose de durão sobre o estofado de couro, ele havia interrompido as brincadeiras. Queria ser forte, mas era difícil se recompor. Acariciava o revólver na cintura e pensava como seria bom encontrar o dono do cassino Foxwood agora mesmo e terminar logo aquele assunto.

— Estou te reconhecendo. Nick me falou de você — disse ele para Jane.

A garota não esboçou reação.

— Você é a estrela do show, não é mesmo?

— Vai te catar — ela respondeu, sem ao menos se virar para o anão.

Duane continuou:

— Certeza que é. Ei, canta um pouquinho aí...

— Então você quer matar Frank Alvarado? — Bunny o interrompeu.

Os olhos do anão brilharam. Não havia nada que desejasse mais desde que fora abandonado no deserto. Mais do que pilotar uma espaçonave. Porém, no momento suas atenções estavam voltadas para o interior daquele carro.

Queria empunhar o volante do conversível. Como um bom observador e candidato a astronauta, já tinha feito em segundos a leitura dos painéis e avaliado a potência que teria nas mãos.

— Posso dirigir, parceiro?

Mas Bunny não levou a sério seu pedido. Jane tentou intervir:

— Deixa ele pilotar, vai.

Antes, porém, que Bunny protestasse ser impossível ceder a direção da BMW ao anão, Duane gritou para que ele freasse imediatamente.

Defronte ao letreiro colorido do bar Blue Cat, encontraram a Harley-Davidson Fat Boy reluzente de Ali estacionada.

Madame Gloria vê o futuro

A primeira vez que estivera na cidade fora com toda a pompa e circunstância. Amava aqueles letreiros. O balé de neon chispando a noite do deserto. A profusão selvagem de luzes. Pianos de cauda brancos, shows de 40 minutos para plateias endinheiradas. Amava principalmente o veludo verde das mesas de jogos. Ainda que não fosse correspondido.

Fracassara? Talvez. Mas não iria deixar se abater. Ele mostraria ao mundo. O triunfo final estaria aprisionado em suas mãos. Disso ele tinha certeza, pensou, com um cigarro aceso no canto da boca.

"Bem-vindo a Las Vegas, Nick. Sentimos sua falta.", disse uma voz misteriosa que só ele conseguia ouvir.

A voz do mestre de cerimônias imaginário foi interrompida pelos Rolling Stones, que cantavam *You Can't Always Get What You Want* no rádio. Uma canção como aquela era capaz de projetá-lo longe. Para o tempo em que Nick era um menino.

Aos 12 anos, poderia ser classificado como um pianista razoável. Também se arriscava na gaita e no trompete. Por alguns momentos, ele se viu transportado para aqueles dias de aprendizado em que ouvia Ray Charles na vitrola de seus pais.

Vez ou outra eles surgiam, os donos do equipamento, e dançavam coladinhos, para deleite do garoto, as feições definitivas de fuinha já se delineando com a puberdade. Seus pais bailavam com elegância, rodopiando ao som de *I've got you under my skin*, até que o pequeno Nick interrompia os dois com uma imitação de James Brown.

Depois, tomaram corpo as lembranças recentes dos ensaios no cassino Foxwood. Havia sido contratado para fazer o show funcionar. Era para isso que servia um produtor: dizer o que estava e o que não estava dando certo. Jane Waters nunca seria uma cantora e ele sabia disso. No entanto, não se interpôs aos planos de Frank. Estava inebriado com o trabalho e, principalmente, com o crédito ilimitado nas mesas do cassino.

Agora, de volta à cidade, com a grana de Miranda, não podia falhar. Olhou para a garota que dirigia ao seu lado e imaginou se teriam um futuro juntos.

Miranda virou-se para ele, logo após estacionar o Mazda diante de uma casa com um jardim bem-cuidado, onde se destacava uma espécie de pórtico, formado por trepadeiras viçosas.

— Tem certeza de que é uma boa ideia? — ela perguntou.

Mas Nick ultimamente não era homem de certezas. E a pergunta de Miranda acionou nele imediatamente o gatilho da dúvida. Talvez o triunfo final não estivesse assim tão garantido.

— Vamos ver o que Madame tem a dizer.

Aquela era a casa de Gloria, vidente que prestava serviços para jogadores inveterados. Ela fora avisada de que Nick estava a caminho.

— É bom contar com a ajuda dos astros — continuou ele.

— Já disse. É nosso dia de sorte — respondeu Miranda — Não precisa consultar madame nenhuma.

Nick apagou o cigarro. Estava prestes a sair do carro quando Madame Gloria apareceu entre os jardins da casa.

— Essa visita não estava prevista — disse ela.

Era uma mulher de meia-idade, magra, cabelos frágeis repartidos ao meio. Surgiu aflita, como se uma visão fosse tomar corpo ali mesmo, naquele instante. Olhava ansiosa para a rua. Como se aguardasse a chegada de alguém.

"Se é mesmo vidente, devia ter previsto a visita", pensou Miranda.

Nick estava surpreso ao ver Madame Gloria ao ar livre. Sabia dos hábitos da mulher. Ela raramente deixava o porão onde atendia sua clientela.

— Madame, desculpe incomodá-la. Liguei para sua filha. Ela falou que a gente podia vir — ele disse.

Gloria fingiu não ouvir. Seus olhos estavam vidrados na rua.

— Sabe quem esteve aqui ontem? Elton John — disse ela, num tom vacilante, sem ao menos olhar para o casal.

— Sério? Que sorte a sua. Bem, não é à toa que a senhora é a vidente das estrelas. E o que o Elton queria?

— Oh, nada demais. Muita energia negativa acumulada, só isso.

— Preciso encontrar com ele e dizer que estou disponível — respondeu Nick.

No momento em que o produtor saía do carro, o furgão de Aaron e seus comparsas surgiu na esquina. Nick ficou sem reação. Miranda olhou pelo retrovisor, sem adivinhar o que estava por acontecer. Quando o furgão freou atrás do Mazda, cantando pneus, a ponto de assustar Madame Gloria, ela se levantou do carro bruscamente, num espasmo. Mas era tarde. A gangue já havia formado uma roda em torno deles.

— Tire as mãos de mim — ela gritou.

— Ei Randy, cuidado com a namorada dele — alguém zombou.

Nick estava paralisado. Por alguns instantes, achou que estivesse num sonho ou num daqueles filmes que tomam Las Vegas como cenário: gângsteres, sequestros, batidas policiais. Uma dívida de jogo. Miranda o olhou com uma expressão de pesar, e aquilo foi o suficiente para despertá-lo para a realidade.

Madame Gloria havia os entregado.

Milagre em Graceland

Não foi tarefa complicada achar a casa de Elvis, perto do estacionamento de trailers, nos arredores de Las Vegas. Também não demandou muito esforço convencer Liza a trazê-los no Acura. Difícil mesmo foi conter a fúria do dono do Hellboy quando ela disse que estava de partida. Foi preciso contar uma mentira e fazê-lo crer que Liza apenas devolveria o Acura para o noivo, e depois voltaria ao seu posto no bar.

— Ele trabalha numa loja de carros e fica dizendo por aí que este carro aqui não é meu — lamentou a garota sobre o sujeito com quem havia discutido no bar. Havia trocado o uniforme do restaurante por uma jaqueta jeans azul celeste sobre a camiseta branca. Ela não iria voltar. Estava livre novamente. Com dois sujeitos que, ainda viria a descobrir, estavam apenas de passagem por este mundo.

— Onde mora mesmo esse amigo de vocês?

Murdoch fez umas ligações no caminho, de uma lanchonete na estrada. Enquanto ele conversava na cabine telefônica, Rudi e Liza deram uma volta. Um homem havia montado uma barraca de frutas nas imediações. Em meio a uma profusão de cerejas e ameixas, pilhas de maçãs, o anjo se sentiu reconfortado. Aquela abundância o remetia ao paraíso que ele abandonara.

— Está com fome? — disse Liza.

— Eu nunca tenho fome — respondeu, um tanto envergonhado.

— Sério? Sou capaz de comer o dia inteiro. De verdade. Precisa experimentar o meu chili.

— Adoraria.

Havia um monte de coisas pelas quais Rudi estava ávido por tocar, sorver e deleitar-se. Mas ele nem tinha ideia de onde começar.

Murdoch os interrompeu. Já tinha o endereço certo. Precisavam seguir viagem. Levaram meia dúzia de ameixas, que Liza se pôs a devorar no caminho, sem se descuidar da direção.

Quando chegaram em Graceland, o homem das ligações estava lá. Um sujeito cerimonioso e empertigado.

— Apresento-lhes Chesterton. Ele costumava ser meu mordomo — disse Murdoch, com certa deferência.

O homem curvou-se em direção a Liza:

— Encantado, senhorita. Senhor, estou à disposição.

— Você tinha um mordomo? — perguntou Rudi.

Murdoch sorriu, displicentemente. Por acaso ele não merecia ter um ajudante? Não era ele, ainda, o anjo dos astros do rock'n'roll?

Estava satisfeito por rever Chesterton. Com sua devoção intacta, o antigo mordomo era um símbolo dos tempos de glória. Um passado que agora ele estava inclinado a enterrar de vez.

Ninguém ali poderia adivinhar o que Murdoch planejava em silêncio, mas o fato é que o próprio Diabo queria recrutá-lo. Satã prometera mandar um representante até Las Vegas especialmente para baterem o martelo. O senhor das trevas tinha voltado a carga com mais um projeto para desmoralizar Deus e suas causas divinas. Murdoch fazia parte desse plano.

Liza aceitou as mesuras de Chesterton como um galanteio. O ex-mordomo era alto e magro como uma palmeira. Usava terno escuro e gravata, sem demonstrar incômodo algum com o calor.

— Então Chez, o que temos aqui?

— A casa onde Elvis vive atualmente. Minhas fontes são seguras, senhor.

— Elvis mora aqui? — disse Liza, fingindo estar incrédula com a informação.

— Ótimo, estamos no lugar certo — tornou Murdoch, voltando-se para Rudi — Não te disse que era moleza?

Quando ele se apressou à frente, seguido por Liza, Rudi teve a chance de perguntar:

— Ei Chez, você também é um anjo ou algo assim?

— Oh não, senhor. Sou bibliotecário em uma fundação. Mas hoje tirei a tarde de folga.

— Ei, a porta está aberta — disse Murdoch, com ares de chefe da expedição.

Uma mulher magricela, envolta num manto, estava acomodada no sofá, diante da tevê — ligada, mas sem emitir som. De qualquer maneira, ela parecia não prestar atenção nas imagens. Por toda a sala havia retratos de Elvis na parede. Murdoch examinou um deles, em que o Rei empunhava o microfone, metido em um terno de lamê amarelo:

— Eu estava lá nesse dia.

Wendy finalmente notou o grupo de visitantes inesperados. Girou a cabeça e os fitou, sem demonstrar surpresa. Como se estivesse exausta demais para reagir. Estava distante de tudo. Murdoch continuou falando:

— Vinte mil pessoas completamente excitadas. Gritando. Pulando, sacudindo o corpo. Enlouquecendo a cada movimento de quadril. Mas ele parecia solitário. Olhava para o violão antes de rebolar. Parava com o microfone suspenso no canto do palco. Devia estar cansado ou algo assim.

— Não sei do que você está falando — respondeu Wendy, voltando sua atenção para a tevê muda. Ao contrário de Rudi, vidrado nas memórias do outro anjo, ela não estava lá muito interessada no que Murdoch dizia.

— Quem diria... — comentou Rudi.

Liza, que também observava curiosa os retratos, parou de repente e disse, com as mãos erguidas para o alto:

— Espera um momento. Conheço um milhão de Elvis em Las Vegas, mas vocês estão falando de qual deles? O original?

Rudi admirou-se com a pergunta.

— Ele mesmo. O Rei. A gente precisa dar um jeito de encontrar ele na cidade dos cassinos.

— Isso é loucura — ela prosseguiu.

Murdoch se sentou diante de Wendy e perguntou:

— Onde ele está agora?

Wendy olhava confusa para o anjo.

— Eu não sei...ele...ele acordou e disse que não iria trabalhar hoje, mas...o carro...o carro não está mais aí...

Havia nela, por detrás daquela apatia, uma ternura enclausurada que parecia comover Murdoch.

— Não disse onde ele poderia ter ido?

Wendy fez um esforço para se lembrar das palavras que havia trocado com Elvis antes de voltar a dormir.

— Acho que ele falou de um show...um show...em que lhe prometeram emprego. No cassino Roxywood.

— Foxwood — corrigiu Chesterton.

— Isso — Wendy murmurou.

— Sei onde fica. Os diretores da fundação estão sempre por lá — tornou o mordomo.

Murdoch sorriu e depois olhou ao redor, para Chez, Rudi e Liza, o grupo que ele arrebatara ali e no Hellboy. Então Wendy apagou de repente.

— O que ela tem? — alarmou-se Rudi.

— Seja lá o que ela tomou, foi mais forte do que podia suportar — respondeu Murdoch.

Liza sentou-se ao lado da mulher e tomou-lhe o pulso. Nada. Começou a sacudir Wendy, mas não houve nenhuma reação.

— O que vamos fazer? — ela gritou, olhando para os três em sua volta.

Murdoch se voltou para Rudi:

— Preciso falar com você. Lá fora.

Saíram. O sol inclemente de um céu sem nuvens atingiu em cheio a testa de Murdoch, enquanto ele ajeitava a bandana de caveiras na cabeça. "Estou, definitivamente, perdendo cabelo", pensou.

— Preciso de sua ajuda.

Rudi olhou fixamente para Murdoch, enquanto este prosseguia:

— Vamos salvar aquela mulher.

O outro coçou a cabeleira.

— Acha possível isso? Pelo jeito, é caso de ressuscitamento.

— Sim. Se me ajudar, é possível. Ando meio enferrujado.

— Vai usar seus truques de anjo?

— NÓS vamos.

— Já fez isso antes?

— Oh, sim. Tive que reativar alguns caras. Mas isso foi há tempos.

— Por exemplo?

— Vamos ver...Jim Morrison...Iggy Pop...Keith Richards. Mas, como disse, estou enferrujado. Preciso que segure a mão dela com toda a energia que puder.

"Seria possível mesmo aquilo?", pensou Rudi. Seria possível que Murdoch estivesse suando? Nunca ouvira falar que anjos eram capazes de suar — mas eram capazes de reanimar fisicamente as pessoas, disso tinha certeza.

— Vamos lá então — disse finalmente.

Voltaram para a casa. Liza e Chez pareciam discutir sobre o que estariam os dois falando lá fora, depois que a garota desistiu de trazer Wendy de volta.

— O senhor Murdoch é cheio de segredos.

— Não sabia que era tão importante assim — disse Liza, olhando pela janela — Pra mim ele era só um velhinho que gostava de jogar boliche. Sozinho, de preferência.

— Trabalhei com ele durante décadas e estávamos sempre viajando para resolver algum problema com estrelas do rock.

— Sei...como esse probleminha agora com o sujeito que se diz Elvis.

Murdoch e Rudi retornaram da rua. Sob os olhares atentos de Liza e Chez, os dois se acomodaram no sofá, um de cada lado da garota. Murdoch segurou a mão inanimada de Wendy, e Rudi o imitou na outra extremidade. Ao sinal do anjo veterano, os dois fecharam os olhos.

Ao tocar a mão da garota, Rudi de repente pensou em Duane no deserto, lhe estendendo os braços. Pensou nos dons que porventura possuía, mas que permaneciam desconhecidos. E essa incerteza do que era, do que fora feito e para que tinha sido talhado sob a mão de Deus, de repente o enfureceu.

Apertou a mão da mulher com ainda mais força. Wendy abriu os olhos de repente, sentindo a aura dele e de Murdoch atravessar seu corpo até sua ínfima porção de matéria ser atingida por aquela onda de energia. E como se ela repentinamente devolvesse aquela onda para os anjos, num estremecimento súbito, os dois soltaram suas mãos.

Estava feito.

— O que aconteceu? — perguntou Wendy.

— Está tudo bem agora — respondeu Murdoch, que voltara a pegar a mão da garota, num afago.

— Caras, tem alguma coisa muito estranha aqui — disse Liza, ao notar que a lâmpada do abajur brilhara e, a seguir, havia se apagado.

Rudi olhou-a arrebatado: estava tão surpreso com o retorno de Wendy quanto ela própria e a outra garota.

Pagamento à queima-roupa

A loja de Little Rambo nos arredores de Las Vegas costumava atrair gente estranha. Mais cedo, vieram um anão rastafári e um sujeito atrapalhado, metido numa camiseta engraçadinha. Agora era aquele careca que ostentava duas belas tetas sob a camisa social imaculadamente branca.

Big Pete estacionou o furgão em frente à loja e surgiu à frente do velhote, como ave de mau agouro. Horas antes, depois que Frank Alvarado desligou o telefone, ele procurou uma garrafa de uísque nas acomodações que estava ocupando. Mas só havia vodca. Detestava vodca e todas suas combinações, e aquilo era mais do que suficiente para que ele lamentasse e praguejasse contra as gerações futuras e passadas do dono do bangalô.

Para piorar seu humor, o anfitrião parecia estar devendo para Las Vegas inteira. O telefone não parava de tocar. Gente cobrando por limpeza na piscina, conserto na churrasqueira, esteiras ergométricas. Foi numa dessas ocasiões que alguém da loja de armas Little Rambo ligou. Big Pete anotou o endereço e prometeu solucionar o caso.

Descontando a vodca e os telefonemas, estava motivado. Aquela seria a sua tacada de mestre. Se Frank não se convencesse, ele lhe causaria tamanho infortúnio que o dono do Foxwood não teria outra alternativa a não ser lhe oferecer a sociedade. Foi então, exercitando sua mente pródiga em intrincadas provocações, que ele teve o estalo. Arruinaria de uma maneira ou de outra a *première* do grande show de Frank.

Assim, em busca de um artefato mais apropriado para a sabotagem definitiva, surgiu na loja de Little Rambo. O dono do estabelecimento lhe apresentou um pequeno arsenal. Mostrou os revólveres, as automáticas, as escopetas. Escolhia alguns modelos e deixava-os sem cerimônia no balcão, ornamentado por uma pequena bandeira do Canadá. Big Pete parecia nunca estar satisfeito.

— Deixa eu ver aquela belezinha ali.

Finalmente percebeu a má vontade do velhote.

— Mas que bela loja você tem aqui, Rambo — disse, com uma ponta de ironia.

O velho não respondeu. Limitou-se a estender os olhos para uma carabina de longo alcance, hesitando oferecê-la.

— Então você é do Canadá? Tive alguns parceiros canadenses — continuou Big Pete, ignorando de propósito o desconforto do outro, que permanecia calado.

— Poucos, é verdade. Não eram lá muito confiáveis. Têm mania de organização, o que nem sempre é bom para os negócios.

Little Rambo fez um gesto de desaprovação. Para azar dele, todas aquelas armas despertavam no gângster um desejo irrefreável de usá-las. Big Pete lembrou de Anton, o jornalista russo. Um tiro certeiro acabara com a temporada do sujeito em Vegas.

Big Pete o confrontara antes de assassiná-lo. Tinha nas mãos um pedaço de jornal.

— Você que escreveu essas merdas?

Antes de atirar, exibiu o mesmo sorriso cruel de agora na loja de armas. Mas Little Rambo não sabia disso. Sabia apenas que era um exímio atirador e havia um rifle ao seu alcance, embaixo da bancada, caso algum cliente tentasse algo inesperado.

— Você tem sócios, Rambo? — Big Pete perguntou.

— Não tenho. E nem quero ter — respondeu o velhote, secamente.

— Eu poderia ser seu sócio. Incrementar esse lugar.

— Não estou interessado.

— É mesmo? Não costumo fazer uma oferta duas vezes.

— Pensei que não gostasse de canadenses. Não vai dar certo.

— É mesmo. Tinha me esquecido disso — o grandalhão sorriu cinicamente.

Então Little Rambo percebeu o que viria em seguida. Mas não foi rápido o bastante.

— Vamos ver se afinal encontrei um canadense durão — disse Big Pete, um segundo antes de sacar sua arma.

Tudo acabaria sendo registrado no circuito fechado da loja. Little Rambo buscando inutilmente o rifle, recebendo o impacto do tiro à queima roupa e caindo sobre a estante com meia dúzia de escopetas. Big Pete não ligava para câmeras.

— Isso é o que acontece quando se recusa uma boa oportunidade, velhinho — ele disse. Depois, ignorou o que restara do pobre Little Rambo e começou uma inspeção no lugar.

Empurrou a portinhola e entrou pelo balcão, desviando das pernas de sua vítima. Já havia recolhido duas pistolas quando seus olhos brilharam:

— Mas o que é isso? Dinamite?

Astronauta entre as estrelas

Assim que deixou o casal e entrou no bar de *strip tease*, apertando o revólver contra a cintura, Duane fez uma espécie de reverência para as mulheres presentes. Respeitava as garotas que precisavam daquele tipo de emprego. Logo na entrada, de frente ao balcão, uma loira e uma morena de seios de fora estavam se esfregando. A morena o provocou:

— Ei, gostosão. Vem cá.

Outras mulheres circulavam seminuas. O barman agia como se elas não estivessem por ali. O Blue Cat era território de Frank — os homens dele se divertiam por lá.

Ali balançava a cabeleira suja ao fundo, inconformado com o que via na mesa de bilhar. Jogava sinuca sem oponentes, alternando tacadas, tendo apenas uma garota como companhia. E uma lata de cerveja que merecia dele mais atenção. Ali não se importava com garotas, nem companhia. Ninguém sabia ao certo com o que Ali se importava.

— Viu esse vestido que Aaron me deu? Era da Kate Perry — disse a garota, fazendo uma mesura. Ali resmungou alguma coisa, deu um gole na cerveja e preparou uma nova tacada. Talvez estivesse contrariado por ter feito a viagem através do deserto para resgatar o anão, e ter encontrado apenas um buraco vazio.

Duane acomodou-se no balcão, de um ponto em que podia observar a movimentação de Ali ao fundo, sem ser visto. Só então percebeu que o bar estava decorado com estrelas. O teto remetia a uma constelação. Na passagem entre o salão e o reservado onde Ali jogava sinuca, pendiam luminárias imitando planetas.

Deu mais uma olhada em Ali antes de pedir um uísque. Por um segundo, pensou em abortar a missão. Outrora impassível, o barman soltou um "tá na mão, baixinho" ao lhe entregar o drinque. Antes que o anão protestasse, a morena atrevida sentou-se ao seu lado. Era longilínea. Usava um bustiê estrelado sobre os seios antes desnudos.

— Ei, bonitão.

Duane baixou o boné da NASA da testa e perguntou:

— O que é isso? Por que estou vendo estrelas por todo lado?

— É a noite do espaço sideral, benzinho.

Reparou um pouco mais na garota. Via agora que a maquiagem carregada não disfarçava a idade. Deveria estar beirando os 50 anos. Mas certamente ainda era uma bela mulher. Imaginou-a mais jovem, uma discreta cortesã pronta para despertar a luxúria em homens que não a mereciam.

Subitamente, beijou-lhe as mãos, galanteador:

— Me desculpe. Como não pude notar? Talvez você tenha me enfeitiçado. Noite das estrelas, hein?

— Bem, não importa muito o nome, não é mesmo doçura?

— Gostei muito de você.

— Sério?

— Sério. Tem uma moeda?

— Ei, Dupree — gritou ela para o barman — Me vê uma moeda.

O homem preparava uma bebida elaborada.

— Não enche, Nadine — ele respondeu.

— Uma moeda, anda.

— E outro uísque — disse Duane.

— E outro uísque — ela repetiu.

— Você não bebe, Nadine?

— Bloody Mary, benzinho.

— Bloody Mary então.

Duane recolheu a moeda e dirigiu-se para a jukebox, a dois passos de onde conversavam. Passou rapidamente os olhos pela seleção de clássicos: *Earth Angel*, com The Penguins; *The End of the World*, com Skeeter Davis; *My Blue Heaven*, com Fats Domino; *Angel Baby*, com Rosie and the Originals. Havia aprendido com Nick a gostar daquele tipo de velharia. Escolheu finalmente *Come Softly to Me*, com The Fleetwoods. Quando a etérea canção começou a tocar, ele fechou os olhos, concentrado.

Então voltou-se e notou que Ali, ao fundo, estava furioso. Golpeava o taco de sinuca contra a mesa, para espanto da garota que o acompanhava. Depois sumiu de vista. O anão deduziu que o capanga tinha ido ao banheiro.

Duane rumou para o balcão, tomou de um só gole o uísque que Dupree servira, vestiu seu boné e acariciou as mãos de Nadine.

— Preciso resolver um negócio lá atrás. Me aguarde. Pode me fazer esse favor?

— Vou ficar te esperando, benzinho — ela respondeu, mexendo seu Bloody Mary.

"É uma garota realmente encantadora", ele pensou. Não a mereciam.

— Logo estarei sentado contigo.

Quando entrou no banheiro à procura de Ali, a jukebox ainda tocava o finalzinho de *Come Softly to Me*. O fétido lugar também estava decorado de acordo com a temática espacial: cortina com uma enorme meia-lua azul e pequenos asteroides. A luz era de um amarelo intenso.

— Aí está você, canalha — disse Duane, já com a arma apontada para as costas de Ali, que acabara de se aliviar.

O outro reconheceu a voz. Calculou o movimento para acertar exatamente no peito do anão e, agachando-se, girou o corpo com o revólver empunhado. O tiro atingiu o alvo onde imaginava. Ali lançou seu olhar sádico para a vítima. Mas o anão também conseguira fazer seu disparo e Ali, com o horror que enchia Duane de satisfação, percebeu que estava ferido. Ajoelhou-se e, em seguida, caiu sobre o chão sujo do banheiro, enquanto Duane o observava. Em breve, ambos estariam mortos.

Duane se recolheu junto à parede, olhando para seu boné da sorte, que lhe escapara da cabeça. Pensou em Nadine, à sua espera no bar. Lembrou que, ainda pela manhã, seu corpo estava alojado no chão do deserto, e ele só se safou graças àquele homem estranho. Imaginou, pela última vez, que usava o macacão de aviador, em seu primeiro dia de treinamento nos caças da base aérea de Nellis, sua figura imponente caminhando sob o trepidar daquelas máquinas, o silvo do F-15 planando sobre sua cabeça e ele agitando os braços diminutos em resposta, sem disfarçar seu contentamento.

Faltava-lhe agora o oxigênio. "Abortar a missão...abortar a missão..."

Teria que esquecer de vez aquela história de astronauta.

Uma prece na rodovia

— O que foi aquilo? — Liza ainda estava se perguntando em voz alta, dentro do carro, enquanto se despediam de Murdoch, que permanecia em pé, do lado de fora do Acura. O anjo veterano disse que tinha um compromisso e os encontraria depois em Vegas. Apesar de o mordomo garantir que conhecia o caminho, deixou instruções detalhadas com Rudi sobre o itinerário que deviam seguir até o cassino Foxwood.

— Vocês dois são médiuns ou alguma coisa assim? — disse a garota, virando-se para Rudi, que permanecia calado no seu canto lá atrás. Em seguida, ela girou o pescoço e se dirigiu para Murdoch:

— Dá pra me responder?

Mas ele já não estava mais lá. Havia desaparecido completamente da vista deles. Então Liza desceu do carro e olhou adiante, de ambos os lados, à procura de Murdoch.

— Pra onde ele foi?

Foi naquele instante que o noivo de Liza apareceu repentinamente ao lado dela. Pegou-a pela cintura e sacudiu um revólver junto ao rosto da garota. Estava metido no mesmo terno barato que usava no Hellboy. Tinha seguido Liza e esperado o momento certo para se aproximar.

— Eu falei que você ia se arrepender, Liza — disse o homem, com os olhos arregalados.

— Sonny, o que você está fazendo?

— Era melhor ter me dado atenção lá no bar.

— Isso não tá acontecendo comigo. Só pode ser um sonho — ela murmurou.

— Ei, vocês dois aí, não se metam.

Ao ver a garota em apuros, Rudi pegou a última ameixa que Liza havia deixado sobre o painel do carro e saiu para confrontar o noivo dela:

— É melhor parar por aí, homem. Larga ela — disse ele, a ameixa nas mãos como se fosse uma pedra.

— O que vai fazer? Me derrubar com essa fruta?

— É isso aí.

Então Rudi desferiu o arremesso, sem pestanejar. A ameixa madura explodiu no rosto de Sonny tão violentamente que ele dobrou ao meio com o impacto. Caiu estatelado no chão.

— Vamos cair fora daqui — gritou Chez, alvoroçado dentro do carro.

Liza arrancou pisando fundo, sem piedade, no acelerador do Acura, enquanto Sonny tentava se recompor. O carro resfolegou e Rudi e Chez se seguraram em seus lugares.

— Você viu isso, Chez? Viu aquilo? — perguntou Rudi ao mordomo, com o vento no rosto.

— É, você acertou ele em cheio. Nunca vi uma ameixa fazer um estrago daquele. Acho que vai levar um tempo praquele cara se recuperar.

— Hoje de manhã eu tirei um homem que estava enterrado no deserto sem muito esforço. Acho que tenho uma força que eu não sabia que tinha.

Do volante, Liza fitou os olhos intensos de Rudi, no banco de trás:

— O que você é, afinal? — ela perguntou, ainda com a lembrança viva do que acontecera com Wendy.

— Ele é um anjo, Liza — se adiantou Chez, ao seu lado — Ele e Murdoch não pertencem a esse mundo.

Liza continuou a encará-lo, com expressão sombria. Rudi estava um tanto constrangido. Ambos tinha chegado até ali, ele e a garçonete, com a sensação de que não pertenciam ao mundo em que viviam.

A garota não sabia se acreditava naquela história. Queria que fosse verdade. Um encontro com um anjo não seria algo assim tão inesperado. Era parte, ela imaginava, da sua purificação. Houve uma época em que ela achou que era especial. Que tinha uma percepção apurada do mundo ao seu redor. Então passou a frequentar os corredores dos cassinos e tudo mudou. Ela queria agora a sabedoria do aniquilamento, mas só o que conseguia era se meter em novas encrencas. Encrencas transbordavam em sua vida, como uma maldição. A última delas fora Sonny, o engomadinho da loja de automóveis. Mas, ainda que estivesse miseravelmente perdida, tinha a mística certeza de que iria tropeçar em uma força superior. E tudo voltaria a ser como era antes. Ela seria especial novamente. Vivia naquela ilusão, guiada sem muita convicção por um incômodo e esperançoso desencanto.

"A quem estou enganando?", pensou. Não havia salvação no horizonte. A vida era um artifício insuportável.

— Preciso vomitar — ela disse, de repente.

Freou bruscamente o Acura, à beira da rodovia, afastou-se do carro e deu alguns passos em direção ao gramado que havia ali, ao redor de um banco de madeira. Chesterton fez menção de sair, mas Rudi o deteve:

— Deixa que eu resolvo isso.

O anjo se aproximou da garota, ainda curvada com o esforço. Começava a anoitecer. Ela sentiu um arrepio. O vento gelado soprou um punhado de seixos ressecados aos seus pés. Rudi não notou a diferença de temperatura. Na verdade, depois de garantir a Chez que cuidaria daquela situação, ele não dava mostras de que seria útil. Contido o impulso, ficou com os braços a meio caminho de ampará-la. Queria consolá-la, mas não sabia como. Em dado momento, voltou os olhos para o céu, como se pudesse captar algum sinal de lá de cima. Foi preciso que Liza tomasse a iniciativa.

— Obrigada por me ajudar a me livrar daquele sujeito.

Ela se aconchegou em seus braços, pensando que, afinal, não tinha do que reclamar do que lhe fora imposto até ali, sua fé renovada, enquanto Rudi sentia a pulsação, o calor e o ritmo do coração da garota como prova de vida. Uma existência que ele nunca havia testemunhado.

Agora era ela que o reconfortava. A relevância de sua tarefa na Terra — pelo menos aos olhos dele e de Sam, Marvin, Otis e Jackie — estava reduzida a pó diante daquele amplexo.

— Mas então, qual o seu plano? Quando encontrar Elvis e tudo?

— Plano? Ainda não sei. Acho que vou conversar com ele e pronto.

Liza imaginou que Rudi tinha uma estratégia cuidadosamente arquitetada para aquela missão. Estava enganada.

— Não importa. Você vai dar um jeito — ela disse, ainda apertada nos braços do anjo, num sussurro. Um velho truque do tempo em que circulava nos cassinos.

Estava segura novamente para dirigir. Antes de voltar, ela gritou para o céu cristalino das cercanias de Las Vegas:

— Ei Sonny, se você estiver por perto, vai se foder seu nojento! Nunca mais encoste as mãos em mim.

No caminho, Liza pensou: agora que tinha seu próprio anjo, havia uma lista de reparos no mundo sobre os quais ela faria questão de que Rudi intercedesse nas esferas superiores. Céus, havia um monte de perguntas a serem respondidas. Mas ela não sabia, em suas preces, que anjos como Rudi não tinham todo esse poder.

Anjos como ele estavam fadados apenas a sucumbirem a um ardor há muito escondido. Rudi ansiava pelo momento em que pudesse tocá-la novamente. As palavras de Murdoch ecoavam dentro dele: "Aqui somos todos pecadores." E qual seria o castigo se cedesse ao desejo?

Ao lado de Liza, a caminho de Vegas, a garota emoldurada pelos estertores do crepúsculo, o anjo estava convencido: preferia ser condenado ao limbo do que retornar à existência inofensiva do Paraíso.

Até logo, jacaré

A mansão cercada de palmeiras ficava um tanto afastada, em Corta Bella, ao norte da cidade. Era adornada por altas árvores, que a deixavam praticamente escondida de quem tentava divisá-la da estrada rotatória, mesmo ostentando dois andares de pé direito. Mais alta do que o lobby de um hotel cinco estrelas. Mas Frank sabia como alcançá-la.

Deixaram o Mustang prateado nas cercanias do cassino e seguiram até lá no Cadillac de Frank. Estacionaram a uns cem metros da residência, e aguardaram que o céu escurecesse por completo. Depois, tiveram que arrastar o corpo de Anton, enrolado num lençol que Frank mandara buscar no hotel, entre arbustos, pela relva que circundava aquela morada de um certo figurão.

— Quando vamos falar sobre as minhas ideias para o show, senhor Alvarado? — disse Elvis, demonstrando, apesar dos quilos extras de seu macacão, inesperada destreza com aquele serviço. Frank lhe estendera um punhado de notas de 100 dólares, ainda na frente do cassino. Elvis recolheu o dinheiro, mas só concordou em ajudá-lo depois que Frank lhe prometeu retomar a participação no show, agora como diretor artístico.

O dono do Foxwood meneou a cabeça, num raro momento em que não prestava atenção nas janelas da casa. Era Lua Nova e não se ouvia ruído algum, a não ser o roçar do cadáver do russo no gramado da mansão, e o barulho do vento, soprando a favor da desova. Com uma das mãos, sem se descuidar do pacote, Frank acendeu a lanterna.

— Você é um sujeito engraçado, parceiro. Acho que vamos nos dar bem. Me chame de Frank. Meu último produtor foi Nick Sullivan, conhece?

— Sim, ele me reprovou na audição do show. Quem mora aqui mesmo? — perguntou Elvis.

— Um milionário de Hollywood. Um homem de lugar nenhum. Passa metade do tempo lá e a outra aqui.

— Como sabe que ele não está na casa?

— Se estivesse, teria aparecido no cassino. Ele adora jogar na roleta. Talvez haja algum funcionário ou segurança de alerta. Fique atento. Agora, força. Estamos chegando.

Avistaram a piscina da casa. Andando na ponta dos pés, Frank e Elvis tiveram que afastar do caminho alguns flamingos cor-de-rosa. Mas as aves não se aventuravam a andar em torno da água.

— Vamos logo com isso. Precisamos estar às nove de volta ao cassino. Ei, não chegue tão perto...

Alguma coisa se mexeu na piscina. Olhando agora com mais atenção, Elvis percebeu ilhas de plantas flutuando na água escura. Então, inesperadamente, algo se esgueirou por entre as pernas dele e se lançou à sua frente:

— Um crocodilo?

— Cuidado, deve haver outros por aí.

— Quem cria crocodilos na piscina?

— Alguém que não quer cobradores rondando a mansão dele. Agora, vamos acabar com isso logo — disse Frank, estendendo as mãos para o corpo inanimado.

Elvis o ajudou a desembrulhar o cadáver e, num gesto certeiro, atiraram o jornalista para os crocodilos. Ouviram o corpo afundar, com todos os seus segredos, e o barulho da água agitada pela fúria dos animais.

— Espero que gostem de comida russa. Acabamos de descongelar — disse Frank, ao recolher o lençol com o brasão de seu hotel.

Deu as costas para o banquete, lanterna à mão, enquanto Elvis ainda se deteve por alguns instantes diante da piscina, sem conseguir ver nada além da água escura sob a lua. Quando alcançou Frank, era como se nada daquilo tivesse acontecido:

— Sério, Frank, precisamos falar sobre o show.

— Ei, viu minha arma por aí? Acho que deixei cair em algum lugar lá atrás — o outro respondeu, apalpando a cintura.

Frank estava ligando do celular para Norman, no cassino.

— Eu é que não volto mais lá — disse Elvis.

Frank levou o dedo à boca, pedindo silêncio. Estava com Norman do outro lado da linha.

— Como vão as coisas?

— Tudo bem. O homem de preto está cuidando de tudo.

— Qual homem de preto? — rosnou Frank de volta.

— Ele disse que combinou tudo com o senhor na calçada.

Frank não soube o que dizer.

— Só tem um problema: a senhorita Jane ainda não apareceu — continuou Norman.

De repente, Frank retesou os músculos e sentiu frio. A temperatura havia caído uns dez graus. Olhou para Elvis, que aguardava. Mal sabia o cantor que alguém estava agora mesmo no cassino, comandando os preparativos para a grande noite.

— Jane ainda não voltou — disse Frank, desligando o telefone.

— A cantora?

— Sim.

— Posso fazer uma pergunta, Frank? Por que ela? Por que essa garota?

— Gostei dela. Gostei dela desde o início. Ela era selvagem.

— Entendo. Certas garotas nos enlouquecem — comentou Elvis — Somos capazes de ir ao inferno para vê-las sorrir.

Frank recolheu o celular, pensativo. Mas por que ele estava se referindo a Jane no passado?

— O que você acha de um dueto com Jane? — perguntou ao Rei.

— Não é o que tenho em mente.

— Ei — tornou Frank, cutucando o cantor — Elvis não recusava um dueto, hein? Frank Sinatra e ele. Que momento deve ter sido! Meu pai amava Sinatra. É por isso que me chamo Frank.

Elvis lembrava bem daquele dia. O calor de Miami Beach. O aparato de segurança para que ele ensaiasse alguns minutos com Sinatra. E os sapatos. Os dele, naquela noite, impecáveis. Sinatra, por sua vez, usou um modelo com salto maior do que o costume, para não ficar baixinho ao lado do Rei.

— E os Beatles? Ouvi dizer que Elvis chegou a cantar com eles. Mas não gravaram a sessão. Eu me amarro em Beatles.

Elvis estava começando a achar Frank um tanto tagarela demais para os seus padrões. Mas agora não iria desistir. Recobrando a confiança, começou a cantarolar:

— Eu estava pensando nessa aqui para começar: *It's now or never, come hold me tight...*

Pé na tábua com essa limusine

Quando o jatinho pousou em North Las Vegas, numa escala a caminho de San Francisco, Yuri Leniev estava absorto em seus pensamentos. Chineses o aguardavam na Califórnia para tratar de negócios. Mas ele ainda não se sentia preparado para aquele encontro. Vegas e suas distrações viriam a calhar. Mesmo que houvesse obrigações pelo caminho.

Em outros tempos, fora fascinado pela ideia de se estabelecer na cidade. Agora, já não estava tão certo disso. Achava Vegas *poshlost* demais. Não era páreo para a Rússia, a verdadeira terra dos excessos, onde se apostava de tudo e em tudo: torneios de pancadaria entre valentões, nocaute no queixo, queda-de-braço, bebedeira de vodca e a clássica roleta russa. A Rússia onde grandes escritores se entregaram com entusiasmo à jogatina, deixando à mesa de carteado suas heranças e sua reputação. Leitor ocasional de Dostoievski, Yuri já estava há tempos na estrada, ceifando virtudes, e o lugar em que mais se sentia à vontade era a Mãe-Rússia, aquela a que se acostumou a chamar de lar.

Ele seguia à risca os rituais de um executivo de nível internacional, começando pelo vestuário. Para aquela viagem, sob o casaco, trajava um terno escuro perfeitamente talhado ao seu corpo atlético, emoldurado por uma cabeça bem-proporcionada, onde se destacavam o nariz proeminente, olhos azuis e penetrantes, lábios levemente pronunciados e cabelos pretos aparados ao estilo militar. Tinha a feição severa de quem se comprazia em infundir o temor, mas, na verdade, como tantos de sua espécie, desejava ardentemente ser amado.

A sombra da aeronave se esparramou pela pista sob um clarão de luz, e Yuri arriscou dar uma olhada pela janela. Viu um homem espigado, metido em uma camisa listrada de caubói, ainda com óculos escuros, ao lado de uma limusine negra. Aterrissaram e a primeira coisa que fez em solo foi deter o olhar sobre Aaron e seu cordão de ouro se destacando no pescoço.

De imediato, sentenciou: era fraco de espírito. Felizmente, não precisaria dos serviços dele. Estava recrutando gente nova em Vegas, alguém com experiência suficiente para ajudá-lo a se estabelecer na capital do pecado e pudesse, quem sabe, acompanhá-lo na negociação que travaria em San Francisco. Costumava trabalhar sozinho, mas, se tudo corresse bem, abriria uma exceção para o novato.

— Dobro pozhalovat — arriscou Aaron para quebrar o gelo, um tanto intimidado e pronto a segurar o casaco do chefe. Tinha vivido algum tempo no Alasca com um velho garimpeiro russo, e sabia alguma coisa do idioma.

— Spasibo — Yuri respondeu.

Aaron pediu para o motorista, um homem tranquilo de meia-idade, ligar o rádio da limusine — *You send me,* uma canção suave, com Sam Cooke. Assim que partiram, Yuri apressou o condutor. Além do recrutamento, o russo tinha débitos para cobrar na cidade. Era sobre isso que Aaron, do outro lado do console, no banco traseiro da limusine, tentava alertá-lo:

— Tenho certeza de que o senhor também está cheio dessas merdas que ele anda fazendo.

A paisagem noturna ao largo da autoestrada lá fora se estendia monótona. Ao longe, Yuri divisou a torre iluminada em várias cores do hotel Stratosphere. Depois lançou um olhar ainda mais gélido em direção ao motorista e repetiu a ordem para que ele andasse mais rápido. O homem conferiu o velocímetro e pisou no acelerador.

Finalmente Yuri se voltou para Aaron e disse, com voz metálica:

— Ouvi dizer que Frank montou seu próprio show.

— Oh, sim. Outra de suas ideias que estão arruinando os negócios — Aaron respondeu, enquanto se perguntava por que diabos o magnata russo não tinha sotaque.

— Frank perdeu a noção de prioridade — continuou ele — Hoje mesmo mandou que eu reunisse os homens para dar um susto em um anão. Deus do céu, um anão.

Yuri franziu a testa. Não gostava que invocassem o nome de Deus. Recolheu-se no seu canto da limusine. Sua expressão não era nada amistosa.

Aaron percebeu o incômodo e disse:

— Se puder fazer algo pelo senhor...qualquer coisa. Tem bebida de primeira aqui.

— Duvido que possa me ajudar. A não ser que você saiba também falar chinês.

— Chinês? E por que raios isso é tão importante?

— Para não ser passado para trás.

Aaron fez uma expressão de que continuava sem saber aonde o chefe queria chegar.

— Eu sei — continuou Yuri — Deveria ter cuidado disso quando tive chance. Agora, depois de velho, fica mais difícil aprender chinês. É uma língua infernal. Você sabia que os chineses inventaram o dicionário? Em certas áreas, é impossível competir com eles.

— Vejo agora o que o senhor está dizendo. Nós tivemos durante um tempo um chinês no nosso grupo. Chang. Era o melhor quando precisávamos de uma morte silenciosa. Dar cabo de alguém sem atrair muita atenção, entende?

— As técnicas deles são imbatíveis.

Aaron coçou o queixo:

— Pensando bem, acho que o Chang era das Filipinas.

— Isso não tem importância — o chefe respondeu — Vamos ver esse show que o Frank arranjou.

Secretamente, Yuri estava curioso para ver o que Frank andava aprontando. Adorava a velha música norte-americana.

— Poydemte — Aaron respondeu.

"Las Vegas está cheia de puxa-sacos", pensou o russo. E não voltou a falar com seu subordinado até avistarem um Cadillac seguido de um furgão, os dois veículos em alta velocidade.

A caminho do Foxwood, depois de se livrarem do corpo, Frank e Elvis foram reconhecidos no Cadillac por Big Pete, enquanto este dirigia o furgão com o arsenal que recolhera na loja de Little Rambo.

A limusine de Yuri se juntou a eles, logo atrás, numa acelerada perseguição.

Hora do show

Soprava um vento insistente, prenunciando uma rara chuva. O homem de preto voltara à calçada em frente ao Foxwood. Norman estava ao seu lado, um tanto apreensivo. Havia anoitecido, e a temperatura despencara para uns cinco graus centígrados.

O néon vermelho e azul da fachada piscava preciso como um semáforo. Holofotes foram acesos e o caminho ao redor deles estava apinhado de gente. Um alarido de vozes se insurgia em meio ao barulho do alto falante da arena de boxe, do outro lado da rua, anunciando o certame daquela noite. Manobristas recolhiam os carros defronte ao cassino, de onde os convidados saltavam, ajustando casacos e ajeitando penteados para a grande estreia. Então os fogos de artifício programados por Frank começaram a estourar, para deleite do público que já se aglomerava nas cercanias do Foxwood.

— Espero que essa Jane Waters valha o esforço — disse o homem de preto, assim que os fogos cessaram, enquanto olhava para os letreiros do show — Ela canta bem pelo menos?

— O chefe acha que ela tem talento.

— Pode até ser. Mas é melhor termos uma carta na manga.

— O seu convidado?

— Sim. Ele já chegou?

Retornaram para os bastidores, passando antes pelo salão do Redemption. Bandejas prateadas de assados fumegantes e baldes de champanhe cruzavam as mesas sobre os ombros dos garçons. Norman estranhou a ausência dos homens de Frank. Nem Aaron ou Ali, os braços-direitos do chefe, estavam nas redondezas. Seguranças contratados circulavam em ternos negros impecáveis.

Escondido atrás de cortinas azuis fosforescentes, o convidado do homem de preto — trejeitos de pugilista e mãos suaves alisando o topete cheio de gel — conversava com as bailarinas do show.

Tinham lhe providenciado um smoking branco com detalhes dourados. Ele havia se servido de martinis e, contrariando as recomendações de Norman, uma garrafa de Jack Daniels, "um velho conhecido", como gostava de salientar, com ênfase no fato de que ele um dia havia sido mais famoso que a marca de uísque. Todos aqueles drinques não afetaram o seu ânimo.

Jackie Wilson, o convidado especial da noite, recém-chegado do Paraíso, aparentava excelente disposição.

— Fez boa viagem? — o homem de preto lhe perguntou.

— Tive que despistar os rapazes, sabe?

— Preparado para arrasar esta noite?

— Quer ver? Vou te mostrar — o convidado respondeu. E começou a cantarolar, enquanto as dançarinas suspiravam atrás dele: Ding a ling a ling... *Ding a ling a ling...I'm in heaven when you smile...*

Meia hora depois, chegaram à conclusão de que não poderiam contar com Jane. Norman ordenou que o show começasse sem ela. Frank já estava a caminho.

— Senhoras e senhores, o cassino Foxwood orgulhosamente apresenta um show assinado por Frank Alvarado — bradou o mestre de cerimônias.

Na plateia, Rudi se juntou àqueles que se dispuseram a aplaudir. Liza ainda estava se aclimatando ao lugar — não conhecera o cassino durante sua temporada em Vegas. Chez havia conseguido uma mesa para eles a uma curta distância do palco. Aparentemente, o ex-mordomo ainda gozava de notoriedade. Logo em seguida o anjo anunciou que precisava deixá-los:

— Vou procurar Elvis — disse Rudi — Ele deve estar aqui em algum lugar.

Porém, ele não se moveu. Assim que o mestre de cerimônias, figura esguia de voz melíflua, encerrou as apresentações, canhões de luz lançaram uma profusão de cores no palco. Extasiado, invadido por uma onda de excitação, Rudi deixou-se arrebatar pelos feixes luminosos. Em seguida, viu a figura do homem de preto vindo do palco, caminhando em sua direção.

Os dois trocaram olhares e Rudi, instintivamente, o seguiu.

Venha logo me salvar

Perto dali, no andar superior do cassino, o olhar de Miranda perscrutava a figura de Nick, do outro lado do aposento, uma espécie de antessala iluminada por um grande lustre de cristal, onde o dono do cassino guardava sua coleção de armas e outros artefatos. Era o mesmo olhar inconformado com que ela costumava responder às excentricidades do produtor. Os dois haviam sido amarrados pelas mãos e pés com fita adesiva em uma cadeira, cada um a seu canto, e agora estavam aos cuidados de Randy, um dos homens de Frank. Aguardavam o mandachuva aparecer para cobrar a dívida que Nick amealhara na sua curta temporada como contratado do Foxwood.

Miranda estava exasperada com o fato de que Nick tinha, a despeito da situação em que se encontravam, um sorriso no rosto pálido. Parecia satisfeito ao ver que suas previsões sombrias estavam se realizando. Tudo aquilo com que se importava — a música e a pretensa noção de estado sublime que ela ensejava — estaria em breve finalmente soterrado.

"Fim da linha, Nick. Quais cartas você ainda tem na mão? Qual a sua próxima jogada?", lhe falava a voz misteriosa, a mesma que somente ele era capaz de ouvir.

Atribuía aquela situação não ao azar, à má sorte consumada nas mesas de dados, mas à sua crença abalada na música. Ele morreria em breve, e o que fizera de relevante até ali? Salpicara algumas notas em meia dúzia de faixas de sucesso. Sua vida inglória não significaria nada. As pessoas continuariam a ignorá-lo, mesmo aquelas que tomassem nas mãos os discos que ele produzira.

— É hora de dizer adeus, Miranda.

— Que história é essa?

— O Randy aqui só está esperando a ordem para dar um sumiço na gente — respondeu, apontando com a cabeça para a porta, que permanecia fechada.

Naquele momento, Randy, o leão-de-chácara, um tanto franzino para seu ofício, estava no corredor, andando de um lado para o outro. Brian, seu parceiro — um sujeito que sonhava em ser o chefe do bando no lugar de Aaron — havia lhe deixado com a incumbência de vigiar os reféns.

Minutos atrás, os dois haviam imobilizado o casal. O aspirante à chefão cuidou de Nick, enquanto Randy se insinuava para a namorada do produtor. Primeiro, soltou um galanteio canhestro enquanto prendia os pulsos de Miranda por detrás da cadeira. Alisou a mão macia da cantora, e a chamou de "tigresa". Em seguida, deu a volta e tirou seus sapatos de salto alto como se fossem um troféu, antes de lhe amarrar os tornozelos.

Quando deu por concluído o trabalho com as cordas, aproximou-se do rosto de Miranda e tentou sussurrar algo no ouvido dela. A garota girou o pescoço para fugir da investida, o que deixou Randy irritado. Sob o olhar zombeteiro do parceiro, o homem de Frank saiu do aposento batendo a porta com força.

— *The highway is for gamblers, better use your sense...*

— Como você consegue cantar numa hora dessas?

— *Take me down to the Paradise city, where grass is green and the girls are pretty...* — Nick continuou, trocando de música, enquanto ouvia os passos pesados de seu algoz lá fora.

— Chega. Não diz mais nada — respondeu Miranda, suplicante.

— Você foi a pessoa mais bonita que conheci. Juro. Queria te dar um beijo agora.

— Sem essa. Deixa de besteira.

Ela reuniu forças e continuou:

— Lembra do que disse quando nos conhecemos?

— Você estava maravilhosa.

— Não, não estava. Estava pra baixo. Queria ir pra casa e me afundar na cama. Mas você estava tão animado. Nunca vou esquecer. Pegou nas minhas mãos e disse: baby, nós vamos conquistar o mundo.

— Me desculpe, Miranda. Falhei com você.

— Não. Você foi a melhor coisa que poderia ter me acontecido. Naquela mesma noite você tocou uma música pra mim no piano...como era mesmo?

— Me desculpe, baby.

— Eu me lembro agora. Era uma dos Beatles. Isso. *Love is all, love is you...*— ela começou a cantarolar, suavemente.

— Na verdade, isso é Beethoven.

— Quieto.

Nick ficou calado. Pensou ter ouvido aplausos. Provavelmente era o mestre de cerimônias anunciando o início do show. Mas agora ele estava vidrado no que sua garota dizia. Miranda continuou:

— Aquilo foi lindo. Éramos só nós dois dali em diante. Agora eu preciso que você pare de choramingar e arranje um jeito de vir até aqui. Venha pelo amor de Deus ME SALVAR.

Ela gritou mais uma vez — venha me salvar, pelo amor de Deus —, o suficiente para atrair a atenção de Randy, que surgiu de arma em punho:

— O que tá rolando aqui? Que significa essa gritaria?

— Vem cá tigrão — Miranda gritou de volta — Vem me pegar!

Atendendo ao chamado, Randy saltou na direção dela. Mas ao chegar perto da garota, ainda com o revólver engatilhado, recebeu um violento golpe de joelho no estômago e caiu de costas no chão. Sem que se desse conta, a arma disparou, atingindo o lustre acima dele. Centenas de lâmpadas e pingentes de cristal vieram abaixo sobre Randy. Sua última visão foram os tentáculos da luminária se precipitando sobre o seu rosto.

O capanga tinha sido traído pela própria luxúria. Ao amarrar os tornozelos de Miranda, desconcentrou-se com os sapatos de sua vítima e deixou o serviço pela metade. Restou à garota se desvencilhar da fita solta, com um certo esforço, enquanto discutia com Nick, para conseguir deixar as pernas livres e desferir a joelhada que abatera o bandido.

Alguém apareceu naquele instante, atraído pelo barulho do tiro.

— Você veio — disse Nick, ao ver Rudi entrando porta adentro. Sua expressão havia mudado completamente, como se o tiro lhe houvesse despertado do torpor.

— Conhece esse cara? — Miranda perguntou. Ela havia tombado do outro lado da sala, ainda amarrada pelas mãos.

— É o anjo. Sonhei com ele hoje pela manhã. Mas eu estava errado. Não é o anjo da morte.

— Pode dar uma mãozinha aqui? — pediu a garota.

— Pelo amor de Deus? — Rudi perguntou.

— Como assim?

— Não foi você que gritou 'pelo amor de Deus'?

— Sim, fui eu. Pelo amor de Deus. Antes que chegue alguém.

Rudi a desamarrou, e ela de pronto se lançou em direção a Nick. Primeiro enxugou a testa do produtor, e quando este finalmente se libertou das fitas com sua ajuda, ela beijou-lhe as mãos. Depois o abraçou demoradamente. Em seguida, o esbofeteou.

— Nunca mais repita aquilo. Ei, tá me ouvindo?

Nick nem sentiu o impacto do tapa de Miranda. Ainda estava maravilhado com a presença de Rudi. O anjo também parecia desorientado. Havia perdido o rastro do homem de preto. E nem sinal de Elvis.

Rudi olhou para o corpo de Randy, que jazia sob o peso do lustre.

— Você deu um jeito nele mesmo — comentou.

— Fiz minha jogada e deu certo. Aqui é Vegas, OK? Era isso ou sabe lá o que aconteceria. Você não vai ficar aqui se lamentando, vai? O chefe dele logo vai voltar. Vem com a gente ou não?

Nick sorriu para Miranda, um tanto ofendido. Ela deveria saber: seu anjo não iria abandoná-los agora, depois de finalmente encontrá-los.

Liza não vai desistir

Após quarenta minutos de show, o público espalhado pelo salão do bar Redemption começava a se agitar em suas cadeiras. Chez tinha um ar de enfado, enquanto Liza assobiava a plenos pulmões. O grande musical prometido por Frank Alvarado havia se resumido até ali a números de mágica, um comediante entediado que praticamente recitou suas piadas, e as dançarinas de cancan, acompanhadas dos saltadores cossacos. Era tudo o que Frank tinha conseguido com o dinheiro que sobrou para os cachês, além dos músicos que acompanhariam Jane.

As dançarinas e os saltadores conseguiram arrancar alguns aplausos. Era a deixa para Jackie Wilson fazer a sua entrada. Os músicos da banda — piano, baixo, bateria e guitarra — se dirigiram aos seus lugares. O pianista, sujeito corpulento e que dava a impressão de suar por todo o grupo, já estava posicionado. Mas Jackie não parecia disposto a aparecer no palco antes de falar com o homem de preto.

Rodeado pelas dançarinas em seus maiôs cor-de-rosa, envolto na fumaça de cigarro deixada pelos músicos, e observado pelo mestre de cerimônias, Norman suplicava:

— É a sua vez, Jackie. Não tem mais como enrolar. Entra logo nesse palco, pelo amor de Deus.

— O naipe de sopros já está preparado?

— Não tem naipe de sopros. É só você e a banda.

— Cadê o homem de preto? Quero falar com ele.

O homem de preto havia desaparecido. Ninguém sabia de seu paradeiro. Tinha sido visto deixando o palco no começo do show, mas depois disso não fora encontrado em lugar algum.

Miranda também queria desaparecer. Mas Nick confiava plenamente no sujeito que viera livrar-lhes das amarras. Os dois seguiram Rudi, que, ainda desorientado, acabou levando-os até o corredor dos camarins, onde se travava o impasse com Jackie Wilson.

— Você? — gritou Norman indignado, ao reconhecer Nick — Como se atreve?

Ameaçou partir para cima do produtor, mas Miranda se interpôs entre eles, enquanto as dançarinas seguravam o gerente. Ouviram o público começar a vaiar a demora da próxima atração. No palco, os músicos se entreolhavam, sem saber o que fazer.

— Jackie, o que está havendo aqui? — disse Rudi, ao ver o cantor em seu impecável smoking.

— Rudi, você encontrou finalmente o Elvis?

— Nem sinal dele.

—E o homem de preto? Viu ele por aí?

— O homem de preto? Eu o perdi.

— Eu também. Querem que eu cante agora.

— Pois cante. Meu Deus, como vocês são teimosos!

— O homem de preto precisa saber que cumpri com o prometido.

Rudi não sabia o que responder. Havia alguma conexão entre o desconhecido e a presença de Jack Wilson ali. Mas agora estava preocupado em não perder Liza de vista. Procurou da coxia a mesa onde a deixara com Chez. Acenou para eles, enquanto Nick dizia para Norman:

— Vejo que está tendo dificuldade com o show.

— Se você não tivesse desaparecido...

— Posso ajudar.

— Não pense que isso vai abater sua dívida.

— Onde está o homem de preto? — continuava Jackie Wilson, irredutível.

Nick apontou para Miranda:

— Temos uma cantora aqui.

— Oh não, não temos. Já estamos de saída — ela corrigiu.

— Estão precisando de uma cantora? — Rudi perguntou. Sem esperar resposta, deixou-os nos bastidores e seguiu em direção à mesa de Liza. Jackie deu de ombros. Nem mesmo Nick, entusiasmado com a ideia de ver Miranda no palco, notou a ausência do anjo.

Miranda estava relutante. Puxou Nick para o canto e sussurrou:

— Não consigo. Perdi a voz gritando por socorro.

— Aposto que consegue — tornou Nick.

— Escuta. Tem cinco mil pratas no carro, na frente da casa da madame Sei-lá-oquê. Vamos dar o fora daqui.

— Você disse que era o nosso dia de sorte. Bem, já estamos no cassino. E a sorte sorriu pra nós.

Miranda percebeu que ele não iria mudar de ideia. Era cantar ou largá-lo. Ela se livrou dos braceletes que levava no pulso e conseguiu um par de luvas brancas de vedete, daquelas que iam até o cotovelo, com uma das dançarinas (luvas brancas eram indispensáveis numa estrela, ela sempre soube desse detalhe).

Então, sob os olhares de súplica de Nick e das dançarinas, fez sua entrada. A um sinal de Norman, o salão ficou à meia-luz. O mestre de cerimônias surgiu no palco agitando as mãos. Alguns cruzaram os dedos. Miranda era o milagre que esperavam para não ver o show desmoralizado.

A plateia ficou paralisada por alguns instantes. Miranda entrou e cochichou algo no ouvido do pianista. Dirigiu-se a passos curtos para o centro do palco, observada pelos músicos, sem disfarçar a tensão. Ao lançar os olhos para o público, prendeu a respiração e, com as mãos espalmadas sobre o colo, as luvas imaculadas adornando sua figura de crooner, arriscou um sorriso. Ainda que estivesse sem maquiagem, retraída e indecisa, era uma diva, exuberante em sua calça de couro púrpura.

— Oh, ela é maravilhosa! — exclamou Liza para Rudi e Chez, ao vê-la diante do microfone.

Ela sabia do que estava falando. No tempo em que circulava nos cassinos, aspirante a cantora, a garota fora levada a tiracolo para ver as estrelas que faziam curtas temporadas em Vegas: Cher, Jennifer Lopez, Barbra Streisand. Miranda podia estar na lista. Apesar da entrada inesperada, havia algo de poderoso nela.

A cantora acenou para o pianista. O grandalhão burilou uma série de notas e ela começou a cantar. A música era *Bring it on home to me.*

— Adoro essa — comentou Liza.

— Conhece essa música? — indagou Rudi.

O que ela podia dizer? Era uma canção sobre súplica. Sobre o amor que exortara a todos os que tivessem atravessado seu caminho até ali. E ela só havia se machucado, afinal de contas. Amava tanto aquela música que precisava deixá-la para trás.

Bring it on home to me parecia querer dizer que era hora de seguir em frente. Nada mais lhe soava estranho naquele dia, depois que descobrira que havia um universo para além de sua compreensão.

A voz de Miranda era trêmula, hesitante. Parecia nervosa. O público começou a apupar. Ela interrompeu o pianista, insatisfeita. Sacudiu a cabeça e tomou fôlego para uma nova tentativa. Nick esboçou socorrê-la, mas Norman o conteve, pegando-o pelo braço.

— Vai lá, ajuda ela — disse Rudi, no salão.

— O que deu em você? — Liza perguntou.

— Você também é cantora. Disse pra nós agora mesmo, no carro.

— Sou coisa nenhuma.

— Vamos lá. Mostre o que você sabe.

— Quando a chance aparece, é preciso agarrá-la — completou Chez.

— Mas ela é uma deusa.

— Seja uma deusa também — insistiu o ex-mordomo.

— Eu nem ao menos conheço a garota.

— Mas eu conheço — disse Rudi, puxando-a pelas mãos.

Ela ameaçou protestar, mas logo estavam diante de Miranda, que, ao ver Liza ao lado de Rudi, lhe estendeu as mãos, sem saber ao certo o que estava fazendo. O anjo achou que o medo impedia Liza de aceitar o convite, mas, na verdade, ela estava paralisada de felicidade.

Quando a música recomeçou, o público ficou sem reação, sem ter a certeza do que viria a seguir. O pianista fez de novo a introdução, dessa vez sem firulas. A banda acertou de primeira no tom intimista. Liza guiava Miranda, que sussurrava de volta, com delicadeza.

— Yeah...yeah...

Mas Liza percebeu que aquilo não daria certo. Sussurrou no ouvido da parceira, e esta sorriu de imediato. Em seguida, Miranda fez nova combinação com o pianista, que atacou uma nova música.

— Baby, you can drive my car...it's a gonna be a star...

Atrás delas, Nick e Norman trocaram um olhar de satisfação. *Drive My Car* era tudo que eles precisavam. Chez arriscou uma salva de palmas antes do tempo. Rudi também estava maravilhado. Se Sam e os rapazes pudessem vê-lo agora.

Sentiu um puxão e virou-se. Era Murdoch:

— Você precisa vir comigo.

— E o Chez? E Liza?

— Só eu e você. Sei onde Elvis está. Você me ajuda e eu te ajudo.

Saíram os dois do cassino, com Rudi se lamentando por não poder aplaudi-las ao final da apresentação.

Tocaia a dois

O paredão de anúncios luminosos refletia seu brilho intenso no asfalto de Las Vegas, molhado pela chuva. Circulando pela noite inquieta em Paradise Road, os detetives Jonathan e Scott procuravam por pistas que ligassem Frank Alvarado ao desaparecimento de Anton, o jornalista russo. Havia pouco tempo que tinham se tornado parceiros, e ainda não estavam entrosados o suficiente.

Os telefonemas durante o dia haviam sido infrutíferos. Nem sinal do sujeito das tetas salientes. Decidiram, sem muita convicção, montar uma campana. Na verdade, estavam obcecados por Frank e seu show. Ficaram à espera por cerca de uma hora defronte ao cassino, no sedã preto, com a esperança de identificarem algo suspeito.

O cassino parecia estar em seus dias de maior movimento. Um fiapo de música vinha do bar anexo. Mas logo Scott ficou entediado e quis comer alguma coisa.

— O que você fazia exatamente em San Francisco, Scott? — perguntou o mordaz Jonathan, ao ver o outro já fora do sedã, a chuva fina molhando o sobretudo. Estava um tanto contrariado. Afinal, era o veterano e tinha precedência na hora de esticar as pernas.

Scott pareceu não se intimidar.

— Já tivemos essa conversa antes, não? — ele respondeu, antes de dar as costas ao parceiro, instalado no banco do motorista.

Um minuto depois, ainda dentro do carro, Jonathan lançou um último olhar para a porta do cassino.

— Quer saber? Dane-se Frank Alvarado.

Depois de praguejar, abandonou a tocaia e foi averiguar onde Scott havia se metido.

Peguem a garota

Segundos depois que o detetive Jonathan deixou o sedã para seguir o parceiro, apontou na rua a BMW conversível, ocupada pela namorada de Frank e seu guarda-costas. A rara chuva tinha obrigado Bunny a subir a capota. Levava Jane ao seu lado e dez mil dólares, parte deles distribuídos nos bolsos de sua jaqueta. Mas não estava intimidado pela possibilidade de ser apanhado com toda aquela grana. O que o impressionava era aquilo que acabara de acontecer no quarto do hotel.

Enquanto a garota tomava um banho, depois de advertir a recepção que não se incomodasse em avisar Frank de sua presença ali, Bunny dobrou o terno que era seu uniforme de segurança, deixando-o sobre o travesseiro. Depois, como se tivesse sido atraído por um desígnio superior, abriu aleatoriamente a Bíblia e encontrou os versículos: "Pecamos e nos rebelamos; e tu não nos perdoaste." Imediatamente ele jogou o volume com as Sagradas Escrituras para o lado, como se aquelas palavras pudessem envenenar.

Do hotel, onde reuniram o dinheiro guardado, até a entrada do cassino, rodaram poucos metros. Dava para enxergar o letreiro do Bambino's pelo retrovisor. Pararam ali, arriscando serem descobertos, porque Jane queria ver o cartaz do show com seu nome pela última vez.

Bunny estranhou o pedido. Assim que deixaram o anão no bar e conforme foram se aproximando do hotel e do cassino, o ânimo de Jane foi se transformando. Já não parecia mais inclinada a seguir o guarda-costas.

Ela acariciou a gargantilha de brilhantes que Frank lhe dera. Admirou mais uma vez os letreiros, enquanto Bunny preparava-se para dar a partida. Antes que ele acionasse o carro novamente, a garota balançou a cabeça e baixou os olhos:

— Sinto muito, Bunny.

Abriu a porta e deixou a BMW com passo rápido.

— Ei, Jane — ele gritou — Volte aqui.

Saiu no encalço da garota, mas Jane não conseguiria ir muito longe, debaixo da chuva fina. De repente, a Paradise Road se viu tomada de carros freando diante do cassino, e a garota se assustou.

Bunny, parado logo atrás dela, também viu o congestionamento. Primeiro veio o Cadillac, com Frank e Elvis. Quase no mesmo instante, estacionou o furgão dirigido por um sujeito que tinha tetas indisfarçáveis sob a camisa social. Os três abandonaram seus carros. Big Pete foi mais rápido. Deu um empurrão em Elvis e, sacando sua arma, levou Frank com ele, sem que o Rei, caído no chão, o macacão sujo com a água da chuva, tivesse tempo de reagir.

Big Pete acabara de atravessar a rua, em direção à arena de boxe, a arma apontada para Frank, quando a limusine surgiu na Paradise Road, dando o máximo que podia.

— Estou vendo o Cadillac e o furgão — disse o motorista.

— Aquela é a garota dele — apontou Aaron.

— Pega ela — ordenou o magnata russo.

Jane titubeou. Bunny também ficou por um instante sem reação. Quando a garota ameaçou fugir, já era tarde. Aaron saltou da limusine praticamente em cima dela e a agarrou com uma das mãos. Com a outra, encostou a arma nos quadris de Jane.

— Tira as mãos de mim.

Ela se agitou e gritou por Bunny, que ameaçou sacar sua arma.

— Nada disso garotão. Tá na minha mira. Cadê o Frank? — perguntou o capanga.

— Na arena.

— Quietinho aí. Nem pense em nos seguir.

— Deixa ela.

— Eu te contratei para ser o guarda-costas do chefe e você fica de onda com a garota dele?

— Ela não tem nada a ver com isso.

Yuri se aproximou calmamente:

— Quem é esse?

— Bunny. Segurança do Frank.

— Frank agora é assunto nosso — decretou.

Os três deixaram Bunny, que apenas ameaçou protestar, e começaram a andar em direção à arena de boxe, Aaron apertando o braço de Jane. Ela havia parado de se debater:

— Frank vai acabar com você.

— Pra sua informação, não trabalho mais pra ele.

Subitamente, Yuri parou. Voltou-se para o cassino e olhou rapidamente para os letreiros do show, observado por Elvis, que, desnorteado, tinha se levantado pesadamente do chão. O chefão russo estendeu a mão para o Rei:

— Admiro muito o seu trabalho. Talvez a gente possa conversar depois.

A chuva apertou. Elvis assistiu os estranhos arrastarem a garota. Enquanto se perguntava a si mesmo o que diabos estava acontecendo, ouviu os aplausos vindos do bar. Voltou-se para o cassino. As palmas eram do show. O SEU show.

Antes que ele decidisse invadir o bar Redemption, surgiram dois policiais:

— Que merda é essa? Aquele não é o Cadillac do Frank? — disse o detetive Jonathan, de volta à frente do cassino, ao perceber a estranha movimentação.

Bunny reconheceu os tiras e não se moveu. Viu Scott jogar fora os sanduíches que trazia num pacote. Ele e o parceiro correram na direção de Elvis e o motorista. Este, amedrontado, apontou para a arena de boxe. Jonathan e Scott rumaram para lá.

Do bar, saíram, então, mais dois outros desconhecidos, que vieram direto ao encontro de Elvis. De repente, ele se sentia novamente assediado, como nos velhos tempos. Um dos homens, vestido com uma camiseta supostamente divertida, o apertou contra o peito. Parecia bastante emocionado ao reconhecê-lo:

— Enfim o encontrei — disse Rudi, embevecido debaixo da chuva, agora intensa. Elvis o abraçou também, no modo automático, enquanto observava o outro sujeito. Parecia-lhe familiar. Talvez não fosse um desconhecido.

— Pra onde foi o cara da limusine? — ele perguntou.

— Foi todo mundo pra lá — apontou Elvis para a arena, do outro lado da rua.

— Vamos. Temos que ir — disse Murdoch, tão logo Rudi finalmente desgrudou do Rei.

— Mas, por quê?

— Não dá tempo de explicar agora.

Quando os anjos o deixaram sozinho e correram para a arena de boxe, Rudi torcendo o pescoço como se não quisesse perdê-lo de vista, Elvis olhou mais uma vez para os letreiros do Foxwood, pensando em tudo que havia acontecido naquele dia, desde que saíra de casa metido no seu melhor traje. Crocodilos, o cadáver lançado na piscina, um sujeito mal-encarado no encalço de Frank. Perseguições de automóveis. Seu macacão predileto encharcado pela chuva e com a marca no traseiro do tombo no chão.

"Estou cheio dessa merda de Vegas. Nunca devia ter voltado", pensou.

Entrou no Cadillac abandonado e deu a partida. Queria sair imediatamente dali. Estava tão agitado que acionou a ré e acertou em cheio o furgão atrás dele.

Mister excitement

No exato momento em que o Rei arrancava com o Cadillac lá fora, as garotas terminavam sua apresentação debaixo de calorosos aplausos. Liza voltou exultante para os bastidores, ao lado de Miranda. Enquanto a parceira abraçava Nick, ela estendeu as mãos para a primeira pessoa que avistou: Jackie Wilson.

— Lindo. Vocês foram fantásticas. Hey, eu não te conheço de algum lugar? — ele disse.

Jackie deu um último gole em seu uísque e alisou mais uma vez o topete. A apresentação das garotas lhe dera novo ânimo. Havia mudado de ideia. "Dane-se o homem de preto", pensou. Estava pronto para entrar no palco. Nem aguardou o mestre de cerimônias. Liza e Miranda se cumprimentaram finalmente, enquanto a estrela da noite adentrava o salão do Redemption.

Mas ao empunhar o microfone, sob os olhares atenciosos do público, Jackie ficou paralisado. Talvez estivesse lembrando do seu último concerto. Talvez pensasse na brevidade da vida que ele havia deixado para trás. Pensava em Sam, Marvin e Otis, no que o destino arquitetara para eles e para si mesmo, no silêncio em que mergulhara em seus últimos dias na Terra.

— Ele travou. Vai lá e o anuncia — disse Nick ao mestre de cerimônias.

O sujeito seguiu para o palco e atacou mais uma vez o microfone com voz triunfal:

— Com vocês, o grande bailarino do soul...o Elvis Negro... Mister Excitement...o inigualável...Jackie Wilson.

Aquilo despertou o lutador que havia em Jackie. Acenou para a banda e lembrou a primeira canção da sequência que haviam combinado: *Higher and Higher.* Logo nos primeiros acordes, deu um salto, abriu as pernas ao cair no chão e trouxe o microfone para si, num rompante, como se tivesse sido transpassado por uma corrente elétrica de 10 mil volts.

Foi então que o planeta chacoalhou, no exato momento em que ele começou a cantar. Observatórios sismológicos do mundo inteiro registraram um estranho tremor no instante em que Jackie disse ao microfone as palavras mágicas: *Your love lifting me higher.*

O Redemption sacudiu como se uma cratera tivesse sido aberta no meio do salão. As luzes dos candelabros tremeluziram. Alguns se esconderam amedrontados debaixo das mesas. Os músicos tiveram que interromper o número. Somente o cantor parecia não ter percebido o estrago. Jackie palmilhou cada centímetro do palco, transpirando e rodopiando, ora refém de sua própria voz estridente, como se mil diabos o estivessem sufocando, ora num falsete sensual, evocando prazeres esquecidos.

Do Harlem a Hollywood, de New Orleans a Chicago, ninguém nunca havia ouvido algo tão poderoso. Ele estava em transe! Ele estava vivo! Nenhuma força do além poderia detê-lo.

Liza sentira o abalo. E logo deduziu que era algo sobrenatural. Olhou em direção a Rudi, no salão, como se ele pudesse lhe explicar o que estava acontecendo. Mas só Chez permanecia na mesa, imperturbável. O anjo não estava mais lá.

Então Miranda a chamou, e ela voltou novamente sua atenção para o show do inigualável Jackie Wilson.

Sangue na arena

Rudi seguia Murdoch, inconformado. Subitamente ele parou, à frente da arena, exigindo explicações.

— A gente acaba de deixar o Elvis pra trás.

— Esquece o Elvis. Temos outras prioridades. Precisamos encontrar a criatura que está interessada nos meus serviços, antes que ele arrume alguma confusão — disse o anjo veterano.

— E quem é esse sujeito?

— Ele já teve vários nomes. Ultimamente, tem respondido por Yuri. Trabalha para os maiorais do outro lado.

— E por que você simplesmente não se teletransporta até o encontro dele em vez de ficar correndo pra lá e pra cá?

Murdoch respondeu que tentara aquilo, mas havia alguma força contrária no ar bloqueando seus poderes. Rudi ainda não estava convencido. Olhou mais uma vez para trás e viu que Elvis estava se mandando no Cadillac, do outro lado da rua.

— Dá uma olhada naquilo. Ele tá indo embora.

Murdoch recuou até ele e disse:

— Preciso de você aqui. Como falei antes, ando meio enferrujado. Eu achei que era boa ideia falar com esse enviado de Satã, mas agora estou arrependido.

Rudi acompanhou Elvis desaparecer com o carro de Frank. Lembrou de Liza lhe indagando o que faria no momento decisivo diante do cantor. Agora tinha a resposta. Ele apenas o abraçaria, antes de perdê-lo de vista.

Engoliu o desapontamento. Nada havia a fazer naquele instante a não ser prosseguir ao lado de Murdoch.

Passaram pela entrada da arena de boxe sem muito esforço. Ouviram apenas o porteiro gritar "Ei vocês" enquanto chamava os seguranças pelo rádio. Não era a primeira invasão que ele tentara em vão impedir. Um grandalhão de cabeça raspada acabara de invadir o recinto, ao lado de Frank Alvarado.

— Ei senhor Frank, como tem passado? — o segurança perguntara.

— Não muito bem, Al — o dono do Foxwood respondera, apontando para a arma nas mãos de Big Pete.

Não houve tempo para reação. Frank e o grandalhão passaram, e antes que Al, o segurança, se desse conta, o magnata russo também atravessou à sua frente, ameaçador, seguido por Aaron, grudado em Jane. Depois chegaram os detetives Jonathan e Scott. Todo mundo de arma em punho.

— Mas que porra é essa? — disse Al, acenando para a porta de entrada do ringue.

A arena estava lotada. No ringue, os boxeadores se debatiam. Big Pete desceu as escadas entre duas fileiras de cadeiras, levando Frank com ele. Quando o grandalhão atingiu o derradeiro degrau, Yuri, Aaron e Jane apontaram no alto da escada, e os dois grupos trocaram rápidos olhares.

Prosseguiram na carreira. Big Pete sumiu com Frank por uma saída lateral. Daí foi a vez de os detetives aparecerem no topo da escadaria. Lá embaixo, Yuri mirou em Jonathan, o corpulento. Ao ouvir o disparo, a multidão agitou-se e estourou.

— O infeliz me acertou — gemeu Jonathan, encolhendo-se e apertando o ferimento na barriga: estava com o rim perfurado.

Com uma ponta de escárnio, Yuri olhou rapidamente para os detetives, depois sumiu, deixando Aaron para trás. O capanga ficou ali, sempre com Jane na mira, olhando à distância o sujeito alvejado e seu parceiro.

— Você vai ficar legal — respondeu Scott, antes de continuar a perseguição.

Ao cruzar o homem de Frank e a garota, o detetive hesitou. Mas seguiu em frente, no rastro do atirador, que, a exemplo de Big Pete, desaparecera na saída lateral, em meio à multidão descontrolada.

Sozinho, Jonathan caiu ao chão e cerrou a vista, aturdido pela dor. Ouvia o alvoroço em torno dele. Quando arregalou os olhos, viu que o ringue estava vazio. A luta fora interrompida. Só então percebeu que estava sendo observado.

— Ora, ora detetive Stone. Está confortável?

— Não enche, Aaron.

O capanga subira os degraus de volta, trazendo Jane com ele, apenas para averiguar o que acontecera com o detetive.

— Não sabia que gostava de boxe. Não tinha lugar na plateia? — zombou o encarregado de Frank, mantendo Jane presa pelo braço.

Ele e o detetive tinham uma história recente de discórdia no campo profissional. Aparentemente, o dinheiro das Organizações Alvarado não estava chegando nas mãos certas. Jonathan quis dar um susto em Frank. Algemou o seu mandachuva em plena Paradise Road. Aaron não havia digerido bem a história.

— Quem é o seu amiguinho? O sujeito que me acertou? — perguntou Jonathan.

— Alguém de quem você ainda vai ouvir falar. Sério, detetive. O que o senhor está fazendo aqui? Está ferido? Deixa eu ver.

— Parado aí! — gritou Jonathan ao erguer a pistola, logo depois de perceber que o outro tinha um revólver apontado para a cintura de Jane.

— Não se preocupe com ela — Aaron respondeu, enquanto erguia a arma à altura do rosto da garota — Nossa estrela faltou ao show. Agora precisa ser castigada.

Murdoch e Rudi chegaram naquele exato momento, a tempo de ouvirem Aaron dizer:

— Quem sabe ela não canta uma música para nós, não é mesmo?

Os anjos ficaram parados, em suspenso. Viram Jane olhar Aaron com desprezo, pensando em cuspir na cara dele. Mas, em seguida, inesperadamente, a terra tremeu.

Durou alguns segundos. Murdoch e Rudi se entreolharam. O abalo foi o suficiente para desequilibrar Aaron. Antes que tudo voltasse ao normal, Jane se viu livre das garras do capanga. Pulou em direção ao Jonathan, que desmaiara, e tomou a arma de suas mãos (ela pensou ter ouvido o policial dizer "acabe com ele" antes de apagar, mas não tinha certeza).

Do chão, Jane disparou. Aaron tombou, atingido no peito, largando o revólver. Jane era boa com armas, ninguém podia negar.

— Por que você não vai ver se eu estou cantando no inferno? — ela gritou, ainda no chão, o cabelo platinado sobre os olhos, o rosto vermelho de raiva.

Rudi estava horrorizado com o que acabara de acontecer. Era a segunda pessoa que jazia à sua frente, mas dessa vez tinha sido diferente: o anjo havia presenciado um assassinato. Rodeou Aaron esperando que o corpo do homem desse algum sinal de vida.

— Não há mais nada a ser feito — falou Murdoch — Precisamos ir agora.

Mas Rudi não ouviu. Voltara sua atenção para Jane. O detetive continuava desmaiado. Rudi se fixou diretamente nos olhos da atiradora. A garota endureceu o rosto, mas aos poucos foi cedendo. Um meio sorriso surgiu entre os dentes perfeitos. Até que alguém tocou nos seus ombros.

— Vamos embora daqui.

Era Bunny, na contramão do público que ainda fugia da arena. Estudou rapidamente Rudi e Murdoch, mas viu que estes não representavam perigo. Ele tinha pressa. Seguranças estavam vindo de todos os cantos, e pelo menos duas viaturas da polícia já haviam estacionado lá fora.

— Nós também precisamos ir, Rudi — repetiu Murdoch.

Jane largou a arma e desapareceu, arrastada pelo segurança, sem desviar o olhar de Rudi. Alguma coisa lhe dizia que aquele não tinha sido um encontro comum.

Tumulto no subterrâneo

Tinham construído um muro em torno do buraco na rua que dava para os fundos da arena. A parede era para disfarçar que ali havia aquela fenda, grande o bastante para que Big Pete e Frank passassem a caminho do túnel.

— Me solta, Pete, vamos conversar — pediu o dono do cassino.

— Achei que podia confiar em você, Frank — respondeu o grandalhão.

— E eu achei que hoje seria o dia de ver meu show estrear. Estava enganado — lamentou o outro — Para onde você está me levando?

Big Pete rangeu os dentes. Frank pensou em Jane. "O que ela estaria fazendo agora? Teria sido um sucesso ou não?"

— Éramos para ser sócios — prosseguiu Big Pete.

— Nunca te prometi nada.

— O que o chefe faz aqui em Vegas?

— O cara da limusine? — Ele mesmo.

— Nunca vi aquele sujeito. Mas parece que ele não vai desistir. Eles estavam nos seguindo. Gostaria de saber por que Aaron está andando com ele.

— Yuri Leniev não gosta de viajar.

— Pera aí. Aquele é o Yuri Leniev? O *nosso* Yuri?

Big Pete não respondeu. Tinham agora companhia.

Entraram em um labirinto escuro e fétido, que servia de abrigo para quem havia desistido de arriscar a sorte lá em cima. Várias lonas estavam estendidas, entremeadas por montes de entulho, ferragens, caixas de papelão e embalagens de comida. Lâmpadas e lanternas improvisadas pendiam do teto, iluminando o caminho. Como zumbis, os habitantes do lugar se levantavam ou surgiam de dentro das lonas. Alguns pareciam estar entorpecidos. Outros balbuciavam frases incompreensíveis. Os mais exaltados gritavam e apontavam para os dois, com olhar agressivo.

—Vou explodir isso tudo e mandar todo mundo pro inferno. Não me pegam sozinho.

— Calminha aí, Pete.

Um grupo formado por quatro rapazes e uma garota, todos em estado lamentável, com roupas caindo aos pedaços, fumava e escutava *You Wondering Now*, com The Specials. Big Pete arrastou Frank até eles, deixando claro que acabaria com o dono do cassino se este fizesse alguma besteira.

— Olha só as tetas desse cara...

Com os olhos, Big Pete fulminou o sujeito que ousara falar aquilo. Apertou a banana de dinamite que tinha no bolso da calça, sem se descuidar da arma encostada no quadril de Frank. A garota maltrapilha percebeu o movimento:

— Ei, o que você tem aí no bolso?

— Querem mesmo saber?

— É, a gente quer sim.

— Uma banana de dinamite — disse Big Pete com um sorriso maligno.

Frank olhou pra ele, depois para os rapazes e a garota:

— Não liguem pra esse cara. Ele é um brincalhão.

Ficaram se encarando, Big Pete firme em seu sorriso ameaçador. Até que um dos rapazes aliviou a tensão:

— Ah, qualé. Tá de sacanagem — disse ele, sacudindo as mãos.

Todos começaram a rir, inclusive Big Pete. Apenas Frank não riu: continuava pensando que Yuri e Aaron poderiam aparecer a qualquer instante. Talvez fosse o momento de fugir. "Saia das cordas, Frank. Lute. Faça como Muhammad Ali."

Mas fugir para onde? Teria uma chance no subterrâneo? Provavelmente sim. Ou, mais provável ainda, Big Pete o acertaria sem remorso. "Help. I need somebody", invocou Santo John Lennon, silenciosamente.

A garota aumentou o volume do som. *Ghost Town*. Ainda os Specials.

— Tem um cigarro? — o líder perguntou para Big Pete, que apontou com o queixo para o bolso da camisa, onde havia um maço de Camel pela metade. O rapaz se aproximou de Pete, e a garota veio atrás dele com um pequeno isqueiro, a fim de acender o cigarro que o parceiro arrematara.

— Eu também vou precisar de fogo — disse Big Pete. E mais um favor: coloque o cigarro aqui na minha boca.

Foi quando ele mostrou aos dois a arma que estava apontada para Frank. A garota e seu parceiro se assustaram e deram um passo para trás.

— A polícia. Polícia no túnel — alguém gritou, naquele exato momento.

Big Pete recolheu no chão o isqueiro que a garota deixara escapar. Depois voltou-se e viu que todos corriam. Frank aproveitou a oportunidade para correr também, tentando se misturar na pequena multidão.

Achou que assim estaria salvo.

Demônio bonitão

A razão de todo aquele alvoroço era a entrada no túnel do detetive Scott, que surgiu de arma em punho no corredor, enquanto Big Pete admirava com olhar perverso a banana de dinamite que trouxera. Na outra mão, ele tinha o isqueiro esquecido pela garota.

— Parado aí, maldito — gritou o detetive.

O grandalhão girou o pescoço em direção ao policial, mas logo em seguida a atenção dele e de Scott se voltaram para o outro lado do túnel. Para surpresa do detetive, Frank e o magnata russo caminhavam em direção a eles, vindos da direção contrária. Mas não estavam sós. Um homem barbado, de bronzeado cintilante, vestindo um sobretudo púrpura, vinha logo atrás deles.

— Bu hao gongzuo, Big Pete — disse Yuri. Frank estava sob sua mira agora.

— Que porra é essa? — respondeu o homem da dinamite.

— É 'péssimo trabalho' em chinês. Deixou o Frank escapar. Se não estivéssemos por perto...

— Mãos ao alto — interrompeu o detetive — Esse homem é suspeito de um crime. E você aí, baleou um policial — continuou, apontando para o chefe russo.

Observado por Yuri e Frank, o sujeito do sobretudo se adiantou. Para surpresa de todos, agarrou Big Pete pelo braço e o arremessou longe, sem esforço:

— Homem tolo. Acha mesmo que pode me ameaçar? — perguntou ele, numa voz trovejante, para o detetive.

Frank chegou a levar a mão aos ouvidos. Viu que Big Pete caíra próximo aos pés de Scott. Pela primeira vez em muito tempo, o grandalhão estava congelado de medo. A dinamite havia lhe escapado perigosamente das mãos.

As palavras do homem de sobretudo ainda ecoavam quando Murdoch chegou, ao lado de Rudi.

— Oh não. Agora complicou — disse o anjo veterano.

Yuri se adiantou ao vê-lo, sem se descuidar de Frank:

— Murdoch! Achei que tínhamos um compromisso. Por que não veio ao show?

— Eu pensei melhor na sua proposta. Acho que estou velho demais para trocar de emprego.

Rudi sussurrou no ouvido de Murdoch:

— Quem é o sujeito que está com ele? É aquele que estou pensando?

— Quase — respondeu o outro — Satã não gosta muito de vir à Terra. Manda seus enviados. É como, você sabe... Aquele sentado lá em cima.

— Pra mim ele parece o diabo em pessoa.

— É um braço-direito dele. Um yazata.

O enviado de Satã ainda encarava o detetive, emanando ondas de intimidação com os olhos injetados.

— É meu último aviso — ameaçou Scott. Estava de olho no sujeito de sobretudo, mas sem perder de vista Big Pete.

— Pois atire, detetive — tornou a voz estrondosa do demônio.

O homem da lei engatilhou a pistola. Repentinamente, Big Pete se ergueu e correu em direção à dinamite:

— Ei você, parado! — gritou o detetive, pronto para atirar.

E foi nesse exato momento que tudo se congelou no subterrâneo de Las Vegas.

Eterna rivalidade

— Você não perde a chance de se exibir — disse o homem de preto.

— E você não disfarça sua queda por entradas triunfais — respondeu o yazata.

Os dois trocaram olhares desafiadores, mas cheios de respeito mútuo. Além deles, somente os anjos e o chefão russo permaneciam ativos. Todo o resto ao redor estava em suspenso. Big Pete tinha as mãos estendidas à frente do corpo, prestes a alcançar o explosivo. Com os braços esticados e a arma engatilhada, Scott dava a impressão de estar a um sopro de disparar a pistola. Frank havia sido paralisado sem disfarçar o temor nos olhos.

— Soube que andou pela cidade — continuou o enviado de Satã.

— Estava ajudando um amigo.

Rudi ficou intrigado. Olhou para Murdoch em busca de respostas, mas este não lhe deu atenção. Estava vidrado no embate entre as duas criaturas. O homem de preto era mesmo um ser cheio de mistérios.

— Que história é essa? Não sabia que tinha virado empresário.

— Eu? Longe disso. Ao contrário de você, não tenho aspirações artísticas.

— Ah, sim. O grande show.

O yazata deu meia-volta. Com o movimento brusco, seu sobretudo zuniu no ar. Todos os outros, inclusive o homem de preto, o acompanharam. Pararam diante de Frank.

— Quero ele. Quero ele comigo agora mesmo — anunciou o maioral das trevas — Frank combina com a gente. Tem grande potencial. É um romântico. Vejam a cara de medo dele. Isso vai mudar comigo. E Murdoch também. Eu tinha planos para ele.

O yazata virou-se para os anjos e prosseguiu:

— Venha Murdoch.

— Hora de servir a um outro mestre — disse Yuri.

— Murdoch vai se aposentar — retrucou o homem de preto — Quanto a Frank, eu não sei...Acho melhor você ficar com aquele ali.

— Pete? Oh, não. Yuri que se arranje com esse infeliz. Não trabalho com psicopatas. Eles não fazem jus à nossa causa. Danação eterna é a única solução para caras como ele.

— Sinto muito. Murdoch e Frank estão fora de cogitação.

— Não vou sair de mãos abanando. Que tal o novato?

O yazata apontou para Rudi, e este pareceu se retrair.

— Ele não é afeito às coisas terrenas — argumentou Murdoch.

— Ora, ele aprende rápido.

— Ahriman, não — advertiu o homem de preto.

O yazata não parecia intimidado. Aproximou-se de Rudi e perguntou:

— Gostaria de ser meu discípulo na Terra?

— Não lhe dê ouvidos, Rudi. Ele é mestre em jogos mentais — interviu Murdoch.

Rudi não estava convencido de que deveria aceitar a proposta. Murdoch havia recusado, e ele estava naquele negócio há pelo menos um século para saber como as coisas funcionavam. Mas Rudi pensava mesmo era em Liza. Em como seria bom passar mais um tempo com ela. Se aceitasse, teria permissão para ficar com a garota?

— Rudi vai voltar com a gente — disse Murdoch, interrompendo-lhe os pensamentos.

— E por que ele deveria ir com vocês? — perguntou Ahriman— O Paraíso é um desperdício, sabia? Ouça bem, novato, não é lá que mora a salvação. Se não acredita, veja por você mesmo. Olhe ao seu redor. O homem cultua a decadência. O homem não precisa ser salvo.

Rudi deu uma boa olhada no túnel. As barracas de lona abandonadas formavam um triste cenário. Via-se aqui e ali algumas pessoas que não haviam corrido. Tinham permanecido deitadas, no chão que cheirava a lixo e urina. Estavam fracas demais, chapadas demais para fugirem. Ao vê-las, Rudi se perguntava como Deus, em sua perfeição, permitira que tais criaturas tivessem sido moldadas assim, seres incompletos, pela metade, corpos que se arrastavam, vozes que lamentavam a existência, vultos em fuga de sua própria sombra, encarcerados sob o peso de uma escuridão muito maior que as trevas de seus espíritos.

— Assim é a vida, anjo — continuou Ahriman, e era como se ele estivesse também se lamentando — Dia após dia, sem cessar. Assim é o homem. Deus é um luxo para eles. Um refinamento do qual todos deveriam abrir mão. Deus, em sua soberba e onipotência, não reserva glórias aos homens. Apenas fúteis consolações.

"Não", Rudi pensou, "o mundo não poderia ser assim". Deveria existir lá fora quem ainda não tivesse tombado, quem não houvesse se curvado. Elvis, por exemplo, se recusava a ceder.

— Basta, criatura — disse o homem de preto — Não terei misericórdia se você prosseguir difamando o Criador.

— Murdoch já sabe disso. Por isso veio até mim. Ele já esteve em mais shows e festas do que qualquer um e sabe: o que o homem chama de Mal acaba prevalecendo. O Mal triunfa porque nele reside um bom tanto de humanidade.

— Meu último aviso, Ahriman. Não permitirei que você continue com isso.

O demônio bonitão o encarou com impaciência. Franziu as sobrancelhas e parecia a ponto de atacá-lo. Há eras travavam aquelas disputas. E tinha a impressão de que ele, o maldoso, é quem sempre acabava cedendo no final.

— Mande alguém do seu pessoal então aqui pra me ajudar a sacudir esse lugar — disse ele enfim, em tom conciliatório.

— Está interessado em alguém? Em quem você está pensando? — perguntou o homem de preto.

— Sei lá. Você tem tanta gente que poderia ser aproveitada. Algum espírito iluminado. Que tal Jackie Wilson?

— Ele já voltou. Estava cuidando disso. Mas vou pensar no assunto.

— Você é um sacana. Sabe disso, não?

O enviado de Satã deu as costas para os anjos, seguido pelo magnata russo. A meio caminho, voltou-se para o homem de preto:

— Algum dia esse equilíbrio que você tanto preza vai virar pó. A balança vai pender para quem realmente ama o homem — disse o yazata.

— Não reclame. Estarei aqui para perdoá-lo quando esse dia chegar.

— Até lá seremos criaturas esquecidas, meu amigo.

— Tenho esperança em você — gritou o homem de preto para o yazata, que se afastava novamente.

— A esperança é a pior cegueira. Não deixe se enganar por ela.

E foi a última vez que Rudi ouviu aquela voz poderosa — apesar de ela ainda vir atormentá-lo pelos próximos anos. Ahriman desapareceu, levando seu discípulo. O túnel escureceu por completo e, depois disso, não foram mais vistos por Rudi, Murdoch e o homem de preto. Os três também deixaram o lugar num estalar de dedos. Assim que os anjos se retiraram, as luzes pálidas do subterrâneo brilharam novamente e os homens voltaram a se mover.

Scott enfim disparou sua arma. Big Pete não teve chance.

— Ele ia pegar a dinamite. Não tive escolha — disse o policial.

Olhou ao redor, desconcertado. A maior parte de suas testemunhas já tinha ido embora. Apenas Frank, livre outra vez, poderia atestar que o detetive tinha razão.

O céu de Calico

Numa tarde escaldante de junho, um velho e longilíneo Eldorado vermelho cruzou a Paradise Road completamente vazia, sob a vigília cautelosa dos homens que se espalhavam a cada canto, em magotes, pela calçada. Alguns jogavam cartas, revólveres em cima da mesa, ou bebiam cerveja, empilhando latas entre restos de comida, volta e meia afagando aos pontapés os cães em estado de penúria que rondavam as sobras. Outros formavam um círculo e dividiam o cachimbo da pedra, sob tendas improvisadas. Havia aqueles que, sob o efeito da droga, pareciam prestes a rastejar em busca de um tesouro escondido, que só eles conseguiam enxergar naquela sujeira. Todos ficaram imobilizados diante do portentoso Cadillac.

Um sujeito esquálido, camiseta dos Lakers e taco de beisebol à mão, passou pelo carro com ar ameaçador. Tinha acabado de quebrar com o bastão a última vidraça da rua que permanecera intacta. Do volante, Chesterton retribuiu o olhar em revista, um tanto surpreso pelo semblante perturbador do homem, e também por encontrar todos os cassinos fechados pelo caminho. Nenhum jogador nas proximidades da fachada do Silver Sevens. Nada da coluna de luzes que costumava ornamentar o Westgate, e nem sinal de vida do letreiro colorido do Mardi Gras. Sem turistas, as fontes do Bellagio haviam secado. Antes, passara sem perceber pelo bar Blue Cat. Fechado de vez.

Desde os arredores do aeroporto estranhamente silencioso, tudo estava abandonado. O monotrilho, ao longe, na Strip, era um espectador privilegiado da calmaria. Semáforos eram inúteis. Nenhum carro ousava aparecer para atrapalhar o caminho suave do Eldorado, dirigido com a prudência de quem voltava de um longo período afastado daqueles cruzamentos.

Ao final da rua, depois de ter percorrido toda a Paradise, Chez estacionou no outrora florescente território da família Alvarado. Alisou o arremedo de barba grisalha que estava cultivando há tempos e fez as contas: quase 12 anos haviam se passado desde aquele show com Liza, Miranda e Jackie Wilson. Agora, ele estava de volta ao Foxwood.

Enxugou a testa com um lenço que levava no paletó. A despeito da temperatura abrasiva, ele vestia uma elegante peça de linho azul pálido. Deixou o carro, movendo a pesada porta do Eldorado, e se encaminhou para a ampla entrada do cassino. Pela primeira vez, desde que havia começado a frequentar aquele endereço, ela estava trancada. Recuou por um instante, olhou ao redor. Ao longe, o magrelo do taco de beisebol havia se recolhido à calçada, nocauteado pelo calor de 40 graus.

Uma viatura da polícia surgiu, e a gangue do carteado recolheu imediatamente as armas que estavam à mostra.

Chez voltou sua vista para a frente do Foxwood e viu a figura de Norman a chamá-lo:

— Vem logo, anda — ele disse, mostrando apenas o rosto para fora da porta.

— A rua está cheia de arruaceiros. A selvageria tomou conta de Vegas — continuou ele, já dentro do recinto, caminhando sobre o carpete do Foxwood, de um intrincado padrão geométrico.

O lugar estava às moscas. O grande salão de mesas onde antes se debruçava gente dos quatro cantos do mundo, a clientela alegre e endinheirada de Frank, parecia repousar de toda aquela agitação.

Nem todas as luzes estavam acesas, e eles precisavam palmilhar na penumbra em certos trechos do cassino.

— Só abrimos agora para clientes vips. Mesmo assim, esses não estão aparecendo mais. Céus, Chez. O que vamos fazer se isso continuar?

— Bem, eu não sei. Me mudei de Vegas há algum tempo.

— O que você anda fazendo?

— Fui contratado por um lugar novo em Calico — respondeu o ex-mordomo, com seu ar cerimonioso — Uma espécie de hotel. Reabriremos em breve.

— Bom pra você. Mas quem vai viajar até Calico com essa pandemia?

— Nossos clientes são...diferentes.

— Entendi. Bem, lá está ele — apontou o gerente, ao final de um corredor que dava acesso ao pavilhão de caça-níqueis.

Elvis estava logo à frente, de camisa havaiana e óculos escuros, fazendo caretas diante de uma réplica dele em papelão, que tinha permanecido ali desde a época do show que Frank preparara no bar ao lado. Norman deixara as luzes acesas naquela parte do cassino, e Chez pôde dar uma boa olhada no cantor. O Rei ostentava um bronzeado intenso e parecia muito bem-humorado.

— Ei, finalmente chegou. Já estava ficando entediado.

Mãos na cintura, Elvis parecia não saber ao certo qual seria o próximo passo.

— Nada mal senhor Chesterton, nada mal. Bem, estou aqui, senhor. À sua disposição — ele respondeu, assim que Chez lhe perguntou sobre a longa temporada no Havaí.

— Todo mundo vai ficar louco quando chegarmos lá — o outro respondeu.

Eles se despediram de Norman à porta do cassino. Ainda arredio, o gerente olhou para os dois lados da Paradise Road. Mesmo com a rua tranquila àquela altura, ele não quis se arriscar. Voltou rapidamente para o interior do Foxwood.

O Eldorado rumou para a Freeway vazia, no sentido da interestadual, a caminho do deserto. Na saída da cidade, ainda devagar, preservando a potência do V8 que tinha nas mãos, Chez finalmente viu outros carros, duas caminhonetes, cruzarem a pista da autoestrada, em sentido contrário. Mais numerosas eram as inscrições nos muros. O fim está próximo. Arrependa-se, enquanto é tempo. Fiquem em casa. Jesus é a única salvação.

— Fez boa viagem? — ele perguntou.

Havia baixado o capô, a pedido de Elvis, que imediatamente se viu impelido a ligar o rádio *vintage* do Cadillac. Ouviu *Near Wild Heaven*, com R.E.M. "Nada mal", pensou. Mas não combinava com o Eldorado e sua volta triunfal a Vegas. Desligou em seguida, sem paciência para encontrar uma trilha sonora adequada.

No entanto, aprovara de imediato o carro. O ar do deserto parecia o mesmo, o que não impediu o Rei de recordar o cenário desolador da cidade.

— O que foi aquilo lá no cassino? Onde foi parar todo mundo? — disse ele.

— Um vírus se espalhou por aí.

— Sério? Não notei nada de errado lá no Havaí. O que aconteceu com o resto do mundo, senhor Chesterton?

— As coisas mudaram. Neste mundo e no outro também.

— Me fala mais desse negócio que você me contou no telefone.

— Bem, esse lugar para onde vamos agora está cheio de figuras ilustres. Do lado de lá, entende? Mas, por enquanto, nenhum músico.

— Então serei o primeiro?

"Bem, não exatamente o primeiro", pensou Chesterton. Houve John Lennon, mas esse logo se mandou atrás da Yoko. Ficou um tempo no hotel, dedilhando seu violão e cantando que não acreditava em Elvis e outras celebridades, antes de partir. Chez achou melhor não mencionar o ocorrido para o Rei.

— Sim, essa é a ideia.

— E por que não trazem outro? Por que precisam de mim?

— Precisamos da sabedoria e das habilidades de seres iluminados para reconstruir o mundo. Para resgatar a fé do homem na Humanidade. E você já está por aqui, na Terra. Nunca foi embora, não é mesmo?

Elvis deixou escapar um sorriso. E não era verdade? Quantas vidas ele havia transformado, sem se dar conta disso? Era o eleito entre os amaldiçoados com a danação eterna. Carregava o fardo daquela fagulha divina que inspirava e inebriava a Humanidade. Porém, ele não estava tão certo de que ainda havia dívidas a serem saldadas. Já pagara o preço por toda aquela devoção.

— Parece que o Homem lá em cima ainda tem planos para você, Elvis.

Lá fora, a paisagem árida era indiferente aos tais planos que Chez relatava para ele, a bordo do Eldorado.

— Eu já dei tudo o que tinha para dar, senhor Chesterton — tornou Elvis — Desde aquela noite, no Foxwood, não sei o que é cantar ou me preparar para um show.

— Você sempre será uma estrela.

Elvis sorriu de novo. Então, subitamente, fez sinal para Chez parar. Seus ouvidos privilegiados haviam captado alguma coisa.

— Ali — apontou ele — Está ouvindo? Na escola.

Chez encostou suavemente o Eldorado à beira da estrada. Elvis saltou, seguido pelo ex-mordomo, que perguntou:

— O que é? Por que paramos?

— Um som de violão está vindo dali. Não está ouvindo?

Chez sentiu o ar ressecado bater numa lufada em seu rosto. Não conseguia ouvir o som que atraíra Elvis, mas seguiu os passos do Rei em direção à construção branca e despojada que avistavam ao longe. Só no meio do caminho é que Chez pôde distinguir os acordes. E risos de crianças.

Elvis logo alcançou a escola, de paredes nuas e telhado cor de lama, apenas um salão tomado por fileiras de cadeiras e mesas. Parou à porta da construção e ficou paralisado, de olhos fechados, em júbilo, como se quisesse sorver a música. Então adentrou no lugar, sentindo-se abençoado.

Uma garota de uns quinze anos, cabelos longos e escuros, traços mestiços, vestindo uma jardineira jeans e camiseta, ocupava o lugar à frente do quadro-negro. Ela tocava, com um certo esforço e pronúncia arrastada, *Love me Tender* ao violão. Outros garotos, meninos e meninas, todos menores que ela, estavam ao redor, mas nenhum deles prestava atenção na música. Corriam pelo salão da escola, faziam gracejos uns com os outros, puxavam a camisa, disputavam diferenças no tapa por um motivo qualquer. No entanto, nada era suficiente para tirar a concentração da garota ao violão. A despeito do ritmo calculado, ela dedilhava e cantava com seu sotaque latino, como se estivesse prestes a ser ouvida pelos deuses.

— Que confusão é essa? Essas crianças nem deveriam estar aqui, com essa pandemia — comentou o mordomo, que finalmente chegara à escola.

— Isso não interessa, senhor Chesterton. Vou começar meu trabalho por aqui agora mesmo. Com esses meninos — anunciou Elvis, sorrindo.

O outro suspirou e pareceu encolher-se, resignado, em seu terno. Não sabia ao certo o que Elvis tinha em mente. Talvez ele estivesse comovido e quisesse apenas ouvir a garota tocar outras canções, além de *Love me Tender*. Ou talvez ele estivesse pronto para ensiná-la alguns truques, e assim pudesse animá-la, de modo que, ao final, ela também estivesse imbuída daquela fé que um dia movera Elvis, antes que este fosse catapultado para a glória e a fama. Ele seria capaz, quem sabe, de cantar hinos, entoar louvores e disparar com entusiasmo uma série de aleluias, até que todas as crianças do lugar também despertassem para aquele instante de devoção.

Logo Chez se conformou em contabilizar o atraso daquela parada inesperada.

"Diabos, ele ainda é o Rei."

Parte III

O segundo — e não menos grandioso — campeonato celestial de corais

Entre dois amores

O segundo grande campeonato celestial de corais foi ainda mais disputado do que a primeira competição. Dessa vez, o Sweet Inspirations contou com ensaios diários comandados por Jackie Wilson em pessoa. Às vezes, Sam, Marvin e Otis apareciam para dar uma mãozinha e ouvir os trinados e falsetes das garotas. Little Richard havia se juntado a eles recentemente, e contribuiu com alguns agudos operísticos. No final, elas ficaram com o segundo lugar. Os campeões foram novamente a turma predileta dos maiorais. Ninguém ousou protestar.

O grande prêmio foi anunciado com o entusiasmo possível por Duane, sem qualquer vestígio dos ferimentos, reluzente em seu smoking dourado. Há tempos ele parecia estar finalmente em paz consigo mesmo. Assumira os encargos de Rudi — era um homem do show business, com os atributos necessários — e até ganhara algumas promoções.

Timóteo, a princípio, não acreditou que Rudi havia permanecido na Terra:

— Quem diria? Rudi, um insubordinado. O que ele anda fazendo por lá?

Duane dava de ombros sempre que lhe indagavam sobre o destino do anjo que ficara de vez no plano terreno. Agora que estava ambientado entre as hostes do Paraíso, o anão deixara de perguntar para Murdoch a questão que nunca deixou de incomodá-lo:

— Ei Murdoch, não acha injusto serem tão poucos os escolhidos?

O velho guardião das estrelas do rock havia recusado a proposta do yazata e decidira se aposentar. Deixou de lado a bandana com figuras de caveiras e agora circulava em trajes mais apropriados para a congregação angelical. Ele ouviu dizer que o magnata russo se instalara finalmente em Vegas e, orientado por madame Gloria, estava investindo em um rapper egocêntrico e desbocado, que planejara meticulosamente sua carreira desde que chegara do Canadá. Já tinha, inclusive, a sua própria série de tevê em cadeia nacional. Inspirado por forças superiores, Yuri assinava a maior parte dos roteiros.

Murdoch passava os dias jogando boliche com Sam, Marvin, Otis e Jackie. Os quatro viviam fazendo planos para voltar à Terra, e Murdoch lhes garantia a todo instante que isso aconteceria em breve, que já estava mexendo seus pauzinhos com os maiorais. Jackie Wilson era o mais difícil de ser convencido. Mesmo após a euforia do vice-campeonato com as garotas, nunca deixou de cobrá-lo sobre a promessa. Queria sucumbir novamente aos prazeres do mundo.

Mas então começaram a circular os avisos de recrutamento na ala dos espíritos ilustres para missões na Terra, e Murdoch não precisou mais enganá-los com falsas combinações. Todos os rapazes se candidataram para prestarem serviço no firmamento. Ficaram numa fila de espera.

Rudi não teve a chance de ver o Sweet Inspirations brilhar sob os auspícios de seu amigo Jackie. A criatura ficou na Terra, numa quarentena que se estendia ano após ano, ao lado de Liza. Com a grana herdada de Timóteo e as economias da garota, os dois compraram o Rancho Inn da cantora francesa e o reinauguraram com o nome de New Heaven. O bar e a pousada viviam às moscas. Mas começaram de repente a receber visitantes ilustres de outro mundo.

Os seres iluminados eram recepcionados por Rudi, Liza e Chesterton, que havia deixado o emprego na biblioteca e agora era o faz-tudo do lugar. Os visitantes chegavam do além e ficavam por um ou dois dias, para uma espécie de desintoxicação, antes de partirem em suas missões terrenas.

Logo os anfitriões perceberam que haveria outros convidados como aqueles para entretê-los. "Por acaso isso aqui é um hotel? Vão nos cobrar pelas diárias?", os recém-chegados reclamavam, quando o diligente Chez insistia em registrá-los num arquivo meticulosamente guardado a sete chaves. "Sim, é um hotel, mas não se preocupem. Tudo já foi arranjado", respondia o mordomo. Então era a vez de Rudi entrar em cena. A todos, o anjo recebia com um admirável arrebatamento, garantindo-lhes que teriam muito sucesso em suas missões para além das cercanias do rancho. Desfrutavam de tantos cuidados por parte dos anfitriões que alguns relutavam em partir. Certa vez, uma tia distante de Liza os visitou, e os proprietários tiveram que esconder algumas celebridades que circulavam pelo refúgio.

Envolvida cada vez mais com a lida diária do bar, Liza decidira abreviar de vez sua carreira de cantora. Rudi a incentivava e ainda tinha esperança de que ela gravasse um disco, com a ajuda de Nick Sullivan e, quem sabe, uma participação especial de algum convidado ilustre. Mas Liza acreditava que seus dias errantes haviam terminado. Pelo menos ela pensava assim. Saber que havia um Paraíso a ser herdado facilitava bastante as coisas.

O homem de preto os visitava com frequência para ver como Rudi estava se saindo. Numa dessas ocasiões, anos depois daquela noite em que se conheceram no cassino, ele apareceu inesperadamente. Trajava a mesma vestimenta negra, o rosto coberto pelo capuz. Mas deixara de usar os óculos escuros, permitindo que vislumbrassem seus tépidos olhos castanhos.

Foi no mesmo dia em que Jane — beleza intocada após todo aquele tempo, serena e ainda ávida de amor — deixou o centro correcional Florence McClure, após esforços extremados dos advogados que Frank contratou para diminuir a pena de sua amada. Ela havia sido presa por perturbar a ordem em um motel, após uma briga de grandes proporções com Bunny. Descobriram que Jane era acusada de tomar a arma de um detetive e mandar Aaron para o inferno, naquela noite de acontecimentos improváveis (sobre a qual o detetive Scott teve que dar exaustivas explicações, a cada superior que lia seu relatório). O juiz não aliviou nem um pouquinho na sentença da garota.

Frank também passou algum tempo na prisão. Os crocodilos haviam dado conta do pobre Anton, e ele conseguira convencer a polícia de que a morte de Randy tinha sido um acidente. Mas todo aquele movimento acabou chamando a atenção das autoridades para os negócios da família Alvarado. Frank não conseguiu escapar ileso, apesar de suas conexões.

Naquele dia, à saída do presídio, o dono do Foxwood aguardava a garota em seu Camaro, enquanto Bunny, ainda martirizado pelo desejo, observava tudo à distância em outro carro, sem ser percebido pelo ex-patrão, agradecendo aos céus pela dádiva de vê-la nas ruas outra vez. Com sorte, pensou, Jane também teria descoberto as Sagradas Escrituras na prisão. Mas Bunny não estava tão certo disso. Sua fé já não era a mesma. Desalentado, aquela era a palavra.

Jane se despediu sem olhar para trás. As agentes penitenciárias estranharam o ataque de riso da garota, uma detenta sempre muito séria, de histórico exemplar. Talvez amaldiçoasse com aquela súbita gargalhada o lugar onde passara os últimos dez anos de sua vida. Quem sabe ela tivesse visto alguma figura divertida refletida nas sombras dos cactos lá fora, para além das cercas que logo ela deixaria de vez?

Ninguém ali se interessou em saber com quem Jane, finalmente, decidiu ir embora.

Uma velha canção

Daquela vez, o homem de preto encontrou no rancho outra pessoa envolvida com os acontecimentos daquela noite. Nick Sullivan estava passando uma temporada na propriedade de Liza e Rudi. Consumia as tardes bebendo uísque barato e tocando canções dos Beatles no piano do New Heaven.

Livrara-se dos delírios de outrora. A única voz que lhe atormentava agora era a da angústia interminável que o acompanhava. Ainda havia uma recompensa para quem o levasse até Frank, no cassino. Ele se mantinha, porém, longe das mesas de jogos. Voltara a viver dias de amargura, após alguns anos felizes ao lado de Miranda. A garota se mudou para Los Angeles e teve uma breve e bem-sucedida carreira como entertainment nos night clubs da cidade. A todos Nick dizia que ensinara a ela tudo que sabia. Agora, vivia às turras com Don McLean, sempre que o cantor era convidado e aparecia para se apresentar em ocasiões especiais. Liza o escalava para ajudar e entreter Don, a fim de que este não captasse nada de anormal no hotel, mas os dois nunca se entendiam sobre o ajuste dos equipamentos de som.

Depois de algum tempo, Nick recomendou que desistissem de Don. Ele tinha ideias que fariam do New Heaven o lugar mais quente de Nevada, assim que pudessem reabrir o bar com toda a capacidade. Liza faria o seu número de sapateado e ele escolheria uma garota nos moldes de Miranda como crooner. Pensou mesmo em ligar para o próprio Elvis e retomar alguma coisa do que tinha imaginado para aquela noite no Foxwood. Ele jurava que o Rei havia sido visto há tempos, aparando as costeletas em uma barbearia da moda, na Boulevard Sul, quando ainda não haviam decretado a quarentena. O produtor ignorava que Elvis tinha se refugiado durante um bom tempo no Havaí, apartado novamente dos humores do mundo.

O homem de preto sorriu e balançou a cabeça ao ouvir aquela história sobre Elvis. Depois cumprimentou a todos e fez sinal de que iria deixá-los. Nick interrompeu os primeiros acordes de *The Long and Winding Road* ao piano para se despedir.

— Conheço essa — disse o homem de preto.

— Mais uma canção antiga que ninguém lembra. Quem se importa? — Nick deu de ombros, entornando um gole de seu uísque.

Por um momento, o homem de preto pensou ter visto o fantasma de Oscar Wilde sentado em uma das mesas, os ânimos exaltados, com sua perfeita pronúncia vitoriana, num debate acalorado com o espírito de Nietzsche, tentando sobrepujar as ideias do filósofo. "O que tanto discutem, afinal?", ele silenciosamente se perguntou.

Liza apareceu e acenou, as mãos cheirando a chili do molho para nachos que ela havia acabado de preparar. Os cabelos estavam banhados de óleo, mas ainda ostentava o sorriso que arrebatara o anjo. Por vezes, ele se exasperava com a ideia de que Liza iria envelhecer, enquanto ele permaneceria com as mesmas feições enquanto durasse a sua existência (ou talvez estivesse enganado e se tornaria um velho, como Murdoch?; era ainda cedo para saber).

Rudi acompanhou o homem de preto até os limites do bar, na rodovia. O sol inclemente e o vento que soprava do Pacífico eram os mesmos de quando chegara à Terra. Ele ainda se surpreendia com as forças da natureza operando incólumes, acima de qualquer vontade humana. Não raro, visões inspiradas pelo yazata lhe acometiam, como se fosse preciso lembrá-lo do sofrimento que afligia o mundo longe de seus domínios.

Nunca comentara aquilo com ninguém, nem mesmo com Liza. Mas imaginava que o homem de preto soubesse das visões. Sabia e deixava que elas continuassem a atormentá-lo, como parte de sua salvação. Como também deveria saber que Rudi não precisava procurar por outros atrativos, enquanto estivesse ali, ao lado da garota, e pudesse caminhar livre pelo deserto.

O homem de preto lhe disse uma vez que chegaria a ocasião em que estaria farto daquela passagem na Terra. "Porque o arrebatamento nunca será o mesmo, como da primeira vez. É nele que reside o frescor da vida. E todos estão fadados a perdê-lo aos poucos, como a flor que languidamente se despedaça ao vento. Querer estar no mundo é oferecer-se para ser sacrificado dentro de si mesmo, a cada instante", ele falou com ar um tanto solene, num raro momento de eloquência de sua parte. "Invejo seu entusiasmo pela vida", deixou escapar, em outra ocasião.

A cada vinda do homem de preto, uma incômoda sensação de dúvida atormentava Rudi. Não foi diferente daquela vez:

— Já faz muito tempo que recebo suas visitas. O que você quer de mim, afinal? — ele perguntou.

— Eu? Nada. Os visitantes estão te incomodando?

— Não. Liza e eu já nos acostumamos com eles.

— Bom saber. Estarei por perto, caso precisem de mim.

Rudi apertou os olhos flamejantes. Ainda não estava satisfeito. O homem de preto já havia girado nos calcanhares e galgado dois metros de distância entre eles.

— Melhor dizendo...por que estou aqui? — tornou Rudi.

O homem de preto parou e aspirou o ar do deserto, antes de se voltar para Rudi e dizer:

— Imaginando que eu tivesse a resposta — e todos esses anos vagando pela Terra me proporcionaram um monte de respostas —, eu não lhe diria.

— E por que não?

— Porque daí eu provavelmente perderia o prazer de visitá-lo. Alguns desígnios não existem para serem desvendados.

Rudi não ousou perguntar mais nada. Ainda estava processando as palavras do homem de preto quando este começou a se afastar com passo cuidadoso. Repentinamente, porém, ele voltou-se mais uma vez e disse:

— Já ia me esquecendo. Tenho um recado pra você: as garotas finalmente ganharam... Spaceman.

Deu meia-volta e começou a caminhar sobre o deserto, como se flutuasse, até que num determinado instante, ainda sob o olhar de Rudi, sua figura minúscula se transformou num coiote cinzento e arredio de orelhas murchas.

Rudi sorriu e voltou ao bar. Nick tocava de novo aquela velha canção, num dueto com Liza, enquanto o coiote se afastava ao longe, em sua jornada solitária.

Fim

PARAÍSO selvagem

VEGAS
NASA

pólen soft 80 gr/m2
tipologia crimson text
impresso no verão de 2022